U0458662

男人的资本

胡晃 著

河南文艺出版社
·郑州·

目录

淡中知真味

常里识英奇

※

商务路长生大厦证券营业厅，曾经人头攒动、热闹非凡。这里诞生过不少千万乃至亿万富翁，当年暴涨的行情让人觉得吃饭都是在浪费时间。

在十几年前那波儿6124行情（指中国股市从2005年6月3日998点起涨，到2007年10月16日见6124点的一轮超级大牛市，持续时间2年4个多月）中，这里是本市股民最集中的营业厅，楼上也是各路私募机构扎堆儿的地方。楼下有个小饭馆，叫真味面馆。因为真味面馆出餐时间快，吃饭时间短，再加上做的面地道，便成了楼上各私募基金操盘手午餐的好地方。

在长达两年的超级牛市中，伴随着营业厅里一个又一个股神的诞生，解决这些操盘手午餐的真味面馆也变得声名鹊起。有时，还会有人专门来这里点上一份面，沾沾好运气。也就是在那个时候，老金的真味面馆开始出名。

老板姓金，熟客都称他为老金。也许是遗传，五十多岁的老金头发已经完全花白。不过，配上蓄成的花白长须、常年的棉麻服饰，倒是颇有一副洒脱的样子。

老金的面馆一直以来只做一样面食：鸡汤挂面。老金在老家亲自种的麦子，收割后石磨磨面，再由邻居发小做成挂面。鸡也是邻居散养的土鸡，荒郊野地里生长，历经四季，自有时间从容的味道。醇酽的鸡汤，放入细如发丝、白如雪线的挂面，配上一个金黄煎蛋，再点缀三两片翠绿的香菜，一碗鸡汤挂面端到面前，不由得让人食欲大开，一入口便感觉到挂面的麦香、鸡汤的本味、鸡蛋的原味，清香而醇厚。与注重味觉刺激而用鸡精、调味料做出来的鸡汤面自是不同，在这里品尝到的是久远的真味、绵长的真味。

这家店开了二十多年，生意一直不错。据说，有很多江湖术士多次建议老板易址，但老板都婉拒了。每次送走江湖术士后，老板脸上都会露出一丝不易察觉的笑意。

Z市的新城是个环形区域，整个区域的道路呈放射状设计，大街小巷四通八达。新城内唯一的丁字路口，显得有点特别。真味面馆，正是开在这个在风水上定义为“路冲”的地方。

每天午后，忙完闲暇时，老金都会沏上一壶茶，坐在店外的遮阳伞下，悠闲地看着路对面两栋大楼，悠闲地看着楼下的人来人往。

老金的左前方是一栋金色的建筑，门口台阶上不像其他大楼会立两座狮子，而是立了两座奔牛。大楼的一楼装修得非常奢华，但是现在，每天除了工作人员，几乎无人来访。

没错，这栋楼就是江湖上赫赫有名的××证券商务路营业部之所在。驻扎这里的几个私募大户出手凶悍，作风勇猛，在那波行情中斩获颇丰，在江湖上赢得了赫赫声名。

可惜，牛短熊长。在接下来的一年中，股市狂泄，从6124点直跌到1664点。中间虽有反弹，但在以后的十年间，股市跌跌不休，无数财富灰飞烟灭。因为股市的冷清以及网络技术的发展，股民基本都不再去营业部交易。所以，这栋楼便变得逐渐冷清起来，失去了往日的喧闹和纷扰。但是，有传言老金和某个经常来面馆吃饭的基金经理做过老鼠仓［指基金经理等人用自有资金买入股票后，用他人资金（如自己控制的机构资金、证券投资基金资金）拉高相应股票价格后，通过出售个人所购买的股票进行盈利的行为］，又在最高点及时收手，因此也身家不菲；也有传言说，老金本身就是一个私募高手，在此开面馆只是一种兴趣。面对传言，老金从未解释过，既不否认也没承认。只是偶尔喝多时，会说一句话：世事洞明皆学问，一切都是常识。

就在股市熊了十年的这期间，中国经济依然高速发展。尤其是作为中国经济发展引擎的房地产开始突飞猛进。Z市的房价从2008年的每平方米3000元，涨到2011年的8000元，再到2015年的1万元，一直到2018年的2万元。房子从居住属性为主疯狂演变为金融属性为主，房地产行业诞生了一个又一个的富豪。在买到就是赚到的行情下，参与炒房的老百姓也越来越疯狂，疯狂地加杠杆，疯狂地

投机，已完全忘记了自己一个月只有几千元的收入。

在老金真味面馆的右前方，就是本市的房地产交易大楼。伴随着行情的逐渐疯狂，多年来这里车马喧嚣、人声鼎沸。为了尽快完成交易，凌晨就有人在门口排队等候，甚至催生了一个行业——代人排队。

老金在这十年里，目睹了股市的萧条，也见证了房市的疯狂。老金曾和一些熟客说："这么多年来，从左边大楼里离去的人，都在告别时互相握手，道声'珍重'，然后含泪而去；从右边大楼里出来的人，都在告别时互相握手，道声'恭喜'，然后含笑而走。"

今天，老金在遮阳伞下喝着茶。也许是因为初夏，老金有些犯困，蒙眬中右边的大楼有些晃动，里面的人惊慌失措，四散奔逃。他好像闻到了一种熟悉的花香，这种花香犹如十一年前他毅然抛掉所有股票时的味道，那是郁金香的花香。老金一个激灵醒了过来，喃喃道："常识，一切都是常识！"

老金默默地走回店里，在电脑上敲出一行字。门口的显示屏上开始滚动：十年前，如果没有买房，你会后悔上半生；现在，如果投资买房，你会后悔下半生。

店外，前往房产交易大楼的人来来往往，看到真味面馆滚动的字幕，他们都会笑，笑得非常开心，犹如看到一个孩子算错了一加一等于几一样。

"老金，打个赌吧？我赌房价永远涨！"隔壁超市的阿三冲着老金直乐。

"赌这个需要时间，没劲。要赌就赌下一辆车向左转还是向右转，赌一杯啤酒。”老金指着正对面馆路上一辆直驶而来的轿车说。

“好嘞，我左。”

“我右。”

第一章

山中无岁月 茶里有乾坤

※

黑色轿车疾驶而来，车里一位中年男士看到丁字路口略有迟疑，没有向左转也没有向右转，而是掉头而去。

中年男士名字叫古文，拥有一家具有证券投资咨询资格的投顾公司。曾经在资本市场声名鹊起，但不知何故，近几年却有点儿默默无闻。古文也过起了闲云野鹤的日子，读书、品茶、旅行，和几个哥们儿吹牛，总之看起来非常的不务正业。

今天，古文被哥们儿李亮约在“苏韵”茶馆，说要给他介绍认识一个新朋友。古文对认识新朋友一点儿兴趣都没有，但碍于李亮的面子，勉强同意。

李亮是个律师，为人豪爽，人脉极广，三教九流、五行八作都有朋友。古文曾经说：“如果咱中国实现普选，你能选个市长！”“去球吧，选个村长差不多！”李亮打哈哈。

因为老丈人是省高院领导，李亮为了避嫌，多年来已不具体承接业务，主要做些协调工作。

“苏韵”茶馆位于新区，老板是个极具江南神韵的温婉女人。原来是省电视台主持人，据说几年前被省里某领导认了“干女儿”，开发了新区最为高档的别墅区。

“苏韵”茶馆毗邻别墅区，按照苏州园林风格设计，乌顶白墙、青砖黛瓦、回廊曲径、小桥流水，宛如走进真正的江南水乡。店内茶艺师一律高挑美女，发髻高挽，蓝色印花旗袍，脚蹬高跟鞋，走起路来腰肢柔美、摇曳多姿，每次来此，古文都觉得眼前一亮、神清气爽。

十几年前，茶业市场被一批台湾人爆炒普洱茶，本来默默无闻的普洱茶被吹嘘得神乎其神，甚至都有了壮阳功效。在中国只要和壮阳扯上关系，价格都会飞上天！所以，最疯狂时极品普洱甚至卖到18万元一斤。

但古文不喜欢毛尖之香、龙井之甘、红袍之重、普洱之滑，更不喜欢最新热捧的黑茶、白茶之色。他喜欢花茶，没错，就是茉莉花茶。每次来这里都会点上一壶花茶，沸腾的泉水冲进壶里，花瓣在水中沉浮，芬芳的花香顿时弥漫出来。倒一杯进茶盏，靠近鼻子闻闻清香，顿感沁人心脾；含一口进嘴里，顿时心旷神怡。

“古先生，这是我们苏总送你的花茶。”茶艺师小梅对古文微微一笑道，“我们苏总说她难得有一个喜欢花茶的茶友，特别关照让我给您泡花茶！”

“替我谢谢你们苏总！”

“茶的煮法共分十六种，煮水的沸滚程度分为三种，注水的缓急分为三种，茶器不同再分为五种，煮水用的薪炭燃料分为五种，共计十六汤品！”每次茶艺师小梅都会给古文讲些茶艺茶道。古文在花茶的氤氲中细细地听着。

“青青子衿，悠悠吾心。”门外传来一句阴阳怪气的古诗，古文一听就知道是李亮到了，马上接了一句“但为君故，沉吟至今”。哈哈大笑声中，李亮跨进门来，后面跟着一个人，穿着一件极为考究的西服，但却戴着一副浅色的墨镜。古文心中略有不爽。

李亮进来说：“我来介绍一下，这位是莫总，睿富集团的老板。这位是我哥们儿古文，睿创投顾老板。你们认识一下。”

“你好，古总，久仰大名。叫我老莫就可以！”老莫说得热情而又豪爽。

“好，这样叫得亲切，像自己人。以后叫你老莫，你叫我Google！”古文半开玩笑。

“Google？哦，哈哈，古哥！”老莫一下识破了这个梗！

打过招呼就座，老莫说：“我有一事不明，为什么你俩门口对古诗？”

“哈哈，”李亮大笑，“老莫，他叫什么？”

“古文呀。”老莫一脸茫然。

“对呀！古文，所以我每次见他都背古文，这么多年下来，经史子集、唐诗宋词基本都烂熟于心！”

“你泡妞卖弄文学时，记得感谢我！”古文打趣。

老莫听得哈哈大笑。

“哥们儿，今天约你呢，一是老莫想认识你，和你聊聊；二是想看看这里的美女。你们聊，我过眼瘾去了。”说完李亮走

了出去。古文明白可能老莫想单独聊，所以也就没再挽留他。

在老莫的介绍下，古文很快了解了睿富集团的情况。这是一家大型的集团公司，旗下公司业务涵盖四大板块。

一、超豪华品牌汽车销售和售后服务。代理品牌有布加迪威龙、兰博基尼、法拉利、玛莎拉蒂等超豪华品牌，奔驰、宝马也只有个别稀有车型，年销售收入约360亿元。

二、高尔夫球场。因为汽车的销售客户都是高净值客户，聚集了一万多高端客户的睿富集团开展“高球”业务顺理成章。老莫本没打算在高球上赚钱，只想做个建立维护人脉的机会，但高球依然每年可以为老莫赚得将近5000万元的利润。

三、房地产板块。只做高端别墅，目前只有一个项目——月半湾。别墅群内藏龙卧虎，精英辈出。

四、文化教育产业板块。在省城建有一家大型儿童素质教育综合体，也是国内唯一一个综合体项目，在国内颇为前沿，涵盖素质教育、早教、儿童乐园、幼儿园、儿童游泳馆以及商业馆。

“古哥，我想你大概听说过我们公司。”

“当然，睿富集团在城内有谁不知道呢？你老莫也是鼎鼎大名的商界精英。”

“哈哈，自己兄弟别玩虚的，咱言归正传。”老莫推了推眼镜，“公司呢，这几年发展不错，各个板块业务都在赚钱，未来的趋势也颇为看好。所以，近半年来众多机构来游说我，希望做我们的战略投资者，并推动公司上市！而我对资本市场没有什么概念，正好李亮说你是这方面的专家，所以今天想听听你对资本市场的看法。”

古文抿了一口花茶：“听说过江南集团的兰姐吗？”

“略有耳闻，听说前一段失去公司控制权，被赶出了董事会！”

“对，江南集团2008年接受顶级PE（股权投资）机构鼎辉的两亿元股权投资，由于对赌失败，2015年3月被迫转让83%股权给CVC。兰姐失去了控制权！所以，资本是残酷的，也是无情的。上市从某种意义上讲也是一种赌博。”

“这么说，你是不主张公司上市？”

古文没有直接回答，继续讲：“但公司引进战略投资者上市是企业规范治理、提升社会形象、打通融资渠道的最佳方式。当然，也是老板个人财富增值甚至套现的最好方式。”

“那你是主张上市啦？”

“我只是客观地表述资本市场的利和弊，资本市场的温情和嗜血。”

老莫身子前倾一下，非常认真倾听的样子。

“首先，睿富集团四个业务板块业务形态相关性缺失、协调性不强，体量上差别太大，所以整体上市不具备可行性。”

“高尔夫和别墅属于奢侈品，产业政策也不太支持，况且房地产行业黄金十年已过，未来将会长期稳定下去，成长性将会有所限制，资本市场接受度不大。连首富的房地产上市公司都要私有化了，所以上市可能性没有。”

“文化教育板块，我猜是你的一种情怀，你并没把它当成生意来运作。”

老莫暗暗点点头，心中对古文的洞察力颇为佩服。

“用商业的手段来实现情怀一般都会成功；但用情怀的方式运营商业大都会失败。所以，文化产业再缓缓吧。”

“最后来看豪华汽车的代理业务。一、业务规模360亿，利润率超过18%，远超上市的基本财务要求。二、超豪华汽车品牌也造就了睿富集团的高端企业形象。三、中国经济超高速发展十五年，造就大批高净值客户，市场潜力巨大。四、央行超量发行货币，人民币对内贬值、对外升值，购买进口车变相抵御通胀。五、睿富是国内唯一超豪华品牌汽车代理商，资本市场因为不熟悉更会高估价值。所以，这个板块上市不仅合适而且势在必行。”

老莫听得心中一动，追问：“那去哪儿上市？深市还是沪市？”

“香港！”古文缓慢又坚定地对老莫说。

“香港？”

“对！你可能想问为什么，我讲两个案例给你听。2008年，××地产在香港以每股不足3港币的价格IPO（Initial Public Offerings，指首次公开发行股票，俗称上市），很多人认为××地产贱卖了股票。但现在看来××打通国际资本市场，通过增发和发债，融来几十亿资金，资金成本年化只有3%，为××的发展提供了充足资金！”

“另外，由于内地经济国际化时间晚、程度轻，大众甚至机构对超豪华汽车的认知是欠缺的，甚至是无知的。通常认为奔驰、宝马、奥迪、凯迪拉克、沃尔沃、雷克萨斯、英菲尼迪就算豪车。在能把比亚迪S6当成雷克萨斯、把奇瑞当成英菲尼迪的环境中，市场对公司的价值判断应该也是模糊的、不准确的。鉴于谨慎性原则，给出的估值应该是脱离客观的！”

古文接着说：“而香港市场是国际化资本市场，对超豪华汽车市场有更为清晰的认知，对公司业务有更全面的理解，对公司价值有更准确的判断。香港IPO虽然估值低，但上市时间短，上市后融资金融工具丰富、资金成本低，可以全面凸显公司价值！所以，香港是睿富IPO的首选之地！”

“兄弟，经典啊！听君一席话，胜读十年书。”老莫兴奋地拍着大腿说，心里也终于放下了，看来李亮所言绝非虚言，不是对朋友的盲目吹嘘。

在这之前，老莫听过很多人讲如何上市，泛泛而言者有之，夸夸其谈者有之，故作高深者有之，总之，没有一个让老莫欣赏的。但古文今天结合睿富公司四大板块业务讲能不能上市，如何上市，去哪儿上市确实颇有见地。一听就知道既有专业性又有实操性。

“老莫，你别恭维我，也不要盲目乐观。上市不是那么简单的事情。有了良好的市场、漂亮的财务数据就可以上市，就可以被资本市场接受吗？”古文非常冷静，“不是这样的！如果这样投资，只是简单点的财务投资，获利极为有限。所以，资本市场要讲故事，做概念包装。只有概念包装得好，故事讲得精彩，才会受到资本市场的追捧。”

老莫本来以为第一次见面，古文讲得不会太具体，他认为古文前面讲的已经足够给面子，甚至自己出高额咨询费也不见得能够得到。但看样子，古文还会深入地讲下去。老莫心中暗暗下定了决心，一定要让古文来帮忙。

“睿富应该以超豪华汽车代理为根本，以造智能汽车为未来进入资本市场！”

“造车？造智能汽车?!”老莫吃惊地张大嘴巴。

“对！”古文坚定地回答，“代理毕竟是为他人作嫁衣，受制于人，厂家会决定代理商的生死。”

“太他妈对了！”老莫颇有同感，禁不住说句粗话，“看我们平常像个人物，但在厂家面前我们就是个孙子！”

“未来摆脱厂家制约，必须自己造车。传统汽车已做到极致，我们无法超越也没必要。随着智能技术的快速发展，智能汽车必定是未来，也是我们弯道超车的最大机会。如果我们进入智能汽车制造领域，做香港智能汽车制造第一股，必被资本市场热捧。”

啪！老莫手中茶杯摔在地上，他被古文缜密的分析、深邃的洞察、国际的视野、超前的战略深深折服。

“古哥，古有隆中对，今有苏韵谈！”老莫指着墙上的条幅道。条幅上书：山中无岁月，茶里有乾坤。

“帮我筹划、运作上市吧，古哥。”老莫拉着古文的手，诚恳无比，“条件你只管开，我绝不还价。”

第二章

青春美好时 热恋情浓日

※

古文眼里闪过一丝感伤，也许是一缕惆怅，但马上回过神来："老莫，多谢你的欣赏，但我已闲散很久，恐怕不能帮到你。真是对不住了！"

"李亮给我说过你的能力以及曾经做的项目，今天你的一席话又让我大开眼界，所以睿富上市的操盘手，老莫我认定你了。还请古哥帮忙！"老莫一急，站了起来。

"不是兄弟不给老弟面子，也不是故作矜持待价而沽，真的是……"古文欲言又止。

在和古文从苏韵茶馆分手后，老莫打电话给李亮："亮仔，在哪里？"电话里传来震耳欲聋的嘈杂音乐声。

"我在唱歌呢。"听筒里传来李亮在唱"爱上一个不回家的人"。

李亮多年律师生涯，三教九流的应酬，练就了颇有水准的唱歌水平。在歌厅、会所，几乎无人能敌。小姐们几次听李亮唱歌都忘了要小费，一时在朋友圈传为笑谈。

“别再把妹了，改天哥哥给你介绍一个真正的美女！”老莫调侃道，“来黑老婆宵夜吧，我有事找你商量。”

“又给我画饼不是？上次说的还没兑现！不过，今天的妞儿真的不怎么样。要不，我肯定不去。”李亮嘀咕着。

“两瓶‘茅台十五年’等着你。”老莫知道李亮爱喝茅台。

“莫大老板果然霸气侧漏，小弟马上到。”

灯火通明的黑老婆夜市，人声鼎沸。花生、毛豆清新爽口；螺蛳、大虾香辣诱人；生蚝、扇贝令人垂涎；配上冰爽的啤酒，真是消夏的好地方。

老莫虽富甲一方，却也很是接地气，经常约朋友来这里喝酒。

李亮打开茅台，酱香飘逸出来，一时酒香四溢。邻桌回头看他们吃地摊、喝茅台，一脸的鄙视，轻声说：“肯定是假酒！”

两人笑笑，干了一杯，真爽！

“亮仔，我今天和古文谈了半天，你说得没错，这哥们儿绝对是个人物！知识、经验、谈吐、视野、洞察力，无不让人佩服！”老莫由衷地说，“我请他帮我筹划操盘上市，但被他婉拒了。”

李亮静静地听着。

“是不是不好意思开价婉拒了？如果是，你可以给他讲，只要他开口，我绝不还价！”老莫非常豪爽地说。老莫非常尊重有能力的人。

“我认识他超过二十年，比这茅台年份还长。他自视甚高，钱不是重要的，他虽不及你腰粗，但也实现了财务自由。”

“难道是看老莫我不顺眼？”老莫半开玩笑。

李亮深闷一口酒，悠悠地说：“我给你讲个故事吧。”

“古文在大学认识并相恋的第一个也是唯一的女朋友——乔安。当时，古文大二，在迎新生晚会上他一眼看上了娇小清秀的女生乔安。就在一刹那，他认准这个女孩就是他终身的伴侣。在随后的半年他用了无数的方法来接近乔安，比如用巧克力贿赂乔安室友掌握乔安行踪，制造了图书馆偶遇、路边邂逅、看电影邻座等桥段，让乔安误以为这都是缘分。最后发展到帮乔安提水、为乔安打饭。”李亮作为古文的老铁，有点不忿地讲，“最让人不齿的是他做了至今他们学校都无人敢做的最贱行为。”

“哦？讲讲看。”老莫也一脸八卦地好奇道。看来八卦不单单是女人的爱好，老男人同样有颗八卦心。

“他在全校8000多名师生面前向乔安表白！”

“吹牛吧！那个年代？8000人？还师生面前？”老莫知道20世纪90年代初大学是不允许谈恋爱的，在全校师生面前完成表白几无可能。这样做，甚至会面临被退学的风险。所以老莫猜李亮在逗闷子。

“要不怎么叫前无古人、后无来者的至贱行为呢！”李亮想着那个场景乐了。

“怎么做的？快讲讲。”老莫被李亮撩拨得有点迫不及待。

李亮喝了一杯酒，讲出了古文大学的爱情故事。

那年学校秋季运动会上，在即将退休的老校长致完开幕词准备退席之际，一个身影如旋风般冲上主席台，深深地向老校长鞠一躬，对老校长说：“我现在想做一件事，一件会影响我一生的大事。如果今天不做，我会抱憾终生。求校长能给我机会。”

老校长被这个不速之客吓了一跳，定神片刻和蔼地问：“这位同学，你要做什么？”

古文一本正经、抑扬顿挫地说：“我想向台下的一位学妹表白。”

秋风中，满头华发的老校长看着这位青春飞扬、意气风发的弟子，也许是回想起自己的青春岁月，也许是即将退休对曾经想做而没做的事情抱有遗憾，竟然不可思议地面对全校8000多名师生发表了激情澎湃而又前卫的演讲：“青春是有荷尔蒙的。年轻人就要做年轻人的事情。只有这样，在人生暮年才不会觉得青春留有遗憾。年轻人，Just do it（想做就做）！”

老校长讲完，非常优雅地把话筒交给古文。此时此刻，老校长用一种近乎完美的行为诠释了新中国第一代留学生的开明和绅士风度。

在全体师生的错愕和惊呼中，在此起彼伏的口哨声和震耳欲聋的掌声中，古文这小子对乔安做了用情至深、发自肺腑又极其煽情的表白。

“我曾无数次在梦中幻想自己未来伴侣的模样，高挑的？靓丽的？娇小的还是柔美的？也曾无数次在脑海中幻想自己未来伴侣的性格，内敛的？温柔的？豪爽的还是可爱的？直到我看到你——乔安，这一切都已不再重要。我相信了一见钟情，我相信了命中注定。你就是我过去二十年一直等待的那个人。你就是我未来二十年、四十年、六十年要牵手共度的那个人。我们会花前月下、踏雪寻梅、共度浪漫；我们会相互鼓励、一起学习、共同成长。风雨中为你遮风挡雨，暖阳下与你相伴相依。共同谱写我们生命中的恋曲，我发誓这首恋曲，永不终；两个人，永不散。乔安，我爱你！”

台下的乔安不知是激动还是害羞，小脸变得红通通的。几个月来，她虽然知道古文在追求她，她也对古文有好感，但如此的众目睽睽、大庭广众，她还是有点惊慌失措。全场的师生也完全骚动了起来，鼓励乔安上台接受古文的表白。乔安慌乱之下慢慢走向主席台，缓缓几步后像勇敢美丽的孔雀一样飞快地跑向古文。

有了老校长的鼓励和支持，古文和乔安在学校成了公开的一对情侣。林荫下、荷塘边、晨曦中、月光下都留下了他们甜蜜的身影。乔安被古文宠得像个公主，古文被乔安崇拜得像个王子。三年来引来无数眼光，羡煞旁人。他们虽然享受了甜蜜的爱情，却也没荒废学习，学习成绩一直名列前茅，最后双双以优异的成绩毕业。

多年后，再见老校长，老校长表示他俩没有辜负他的期许，也对当年支持学生恋爱表示非常欣慰。

“毕业后，古文和乔安到上海发展。三年后，古文在一家投资公司做得风生水起，乔安也创立了自己的服装设计公司，在业内声名鹊起。”李亮讲完，又端起酒杯。

“听你一讲，我也是羡慕嫉妒恨呐！”老莫陪李亮干了一杯，“不过，看你神情他们后来是不是……”老莫的阅历告诉自己，古文和乔安一定出了问题。

“说不清他俩谁对谁错。一个年轻气盛，急于在对方面前证明自己超凡的能力，为对方打造更高的平台；一个一手打造的事业被迫转手，理想破灭，最后悄然离去。”李亮到现在都为这对情侣深深惋惜。

原来，几年前古文在和一家大型服装公司洽谈投资的过程中，得知对方有意收购一家服装设计公司，以提高自身的设计能力，完善公司的产业链。而乔安的设计公司已颇有名气，符合对方收购的条件。一旦收购成功，乔安的设计公司将站在更高的平台，有更大的发展空间，三年后甚至会和服装公司一起打包上市。古文看到了这个巨大的财富机会，所以动员乔安和服装公司合作。乔安本是个随遇而安，没有太大野心的女人，她认为现在的状态挺好，但也被古文描绘的未来所吸引。

由于古文良好的人际关系，所以双方很快进入了深入的洽谈中。很快，双方的框架协议就已签署。通常在并购过程中，为了保证被并购企业有良好的持续经营能力，并购双方会签对赌协议，也就是估值调整条款。约定未来三年的销售收入或净利润，这也是并购估值的依据。如果完不成约定的指标，那么将会给对方现金补偿或增加股份。

古文深知对赌条款的风险，但为了给乔安以及两人的未来创造高品质的生活，仍制定了较高的对赌业绩：连续三年销售收入复合增长率不低于45%，净利润分别为400万、600万、1000万。对方出价3000万购买乔安70%股份，乔安持有剩余30%股份，如果第一年完不成对赌业绩的80%，乔安将把剩余股份无偿转让给服装公司作为补偿。

古文在资本市场浸淫多年，深知企业发展不会一帆风顺，都有创立、成长、成熟到衰落的过程。因此，养企业如养猪，在最肥的时候卖掉是最好的选择。所以，他制定了这个

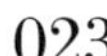

较高的对赌业绩，期望能拿到更好的价格。其实，古文已深思熟虑过，即使对赌失败，把剩余股份补偿给对方，乔安仍然能实实在在拿到3000万现金，这仍不失为一桩划算的买卖。

当然，古文没有告诉乔安他最终的设想。

人算不如天算！市场的发展往往超出人们的想象。就在协议签署后，网络购物平台大行其道，以便捷、便宜迅速俘获万千女性，使万千女人爱上网购。大量的假货充斥着市场，使正品大受冲击，尤以服装为甚，仿版、盗版的盛行使设计公司举步维艰。乔安的公司也不例外。

年终决算，公司非但完不成400万净利润，反而亏损了80多万。古文虽极力争取，陈述理由，但对方坚决按协议执行，30%的股权无偿划给了对方。

虽然乔安失去了公司，但换来了3000万现金。在如此严峻的市场环境下，古文内心还颇为庆幸：如果不是一年前卖掉，设计公司也许就会倒闭破产。

然而，古文忽略了乔安的想法和感受。乔安是个浪漫的理想主义者，失去了公司犹如失去了孩子，就如半年前不小心流产了孩子一样。乔安觉得付出的心血不见了，事业没有了，理想幻灭了。

在乔安看来，造成这个结局的一切，都源于古文的年轻气盛、乐观和冒进。

于是，乔安给古文留下一封信，悄然离去。

"古文多方寻找乔安，却不得其踪。古文伤心之下从公司离职，回到省城。虽创办了公司，也做了几个项目，但心爱的女人成了心中永远的痛。所以，他项目就接得少了，并不是不愿帮你。"李亮安慰老莫。

“唉，事情往往是这样。同样一件事情，在一个人眼里是对的，在另一个人眼里就是错的。因为每个人都有不同的判断标准和价值尺度。古哥属于客观的现实主义者，乔安属于浪漫的理想主义者，我欣赏乔安也钦佩古文。他们在这件事情的认识上有分歧虽正常，但实在让人惋惜！”老莫叹口气说。

“两年来，我们几个朋友都在帮古文寻找乔安，希望他们能和好如初，让我们这些人还相信爱情真的存在。毕竟他们仍然还爱着对方。”李亮有些激动，“而且，我们也希望唤起古哥的斗志！”

“为了证明爱情存在过，为了理想，我愿出点力。”曾经沧海的中年老莫有些冲动。

在老莫看来，在浮躁的当下，多少人信仰迷失，道德沦丧，价值缺失，人们对爱情、对理想缺乏应有的尊重和信仰，这是不对的。坚守理想、坚守信仰、坚守爱情、坚守内心的价值判断，在任何时代都不会过时，他相信。

“干了，为了爱情！”老莫和李亮喝完了两瓶茅台，趴在了桌子上。

“李亮，马上带古文到机场，机票已订好。”两周后的早上，李亮还在睡回笼觉，老莫的电话让李亮瞬间明白了。

乔安找到了！

原来自那天酒后，老莫就发动所有关系寻找乔安下落，一是为了打动古文，让古文帮自己；二来确实不希望真正相爱的人就此分手。

他作为一个70后，虽已远离谈情说爱的年纪，但心中对那种简单的纯纯的校园爱情依然怀念，依然向往。

三天前，老莫找到公安厅一位朋友，朋友通过人员信息查询，追踪乔安的航班信息，终于查到她最后的落脚地——大理。

两年前，乔安悄然离去，游历了全国的山山水水，试图在山水间遗忘，在旅途中疗伤。从北国纯净的冰雪到南海热辣的沙滩，从秀美的黄山到虔诚的普陀，追寻陈逸飞的画笔在周庄小住，慕名沈从文的文笔在凤凰停步。最后，来到七彩云南，被大理秀美的风光、宜人的气候深深吸引，尤其是来到洱海边，乔安发现这是在她梦中经常出现的景色。远处的苍山白雪覆盖，眼前的洱海碧波荡漾，水面上红嘴鸥翩翩起舞，湖岸边花团锦簇落英缤纷。

乔安决定不再寻觅，不再漂泊，她决定留在大理，留在这个无数人向往的地方。

古文、老莫、李亮三人来到洱海边的一座院落，院落紧靠湖边。一座表面全玻璃的两层洋房毗邻水面，前院花开四季、满眼绿意，几只画眉在笼中欢叫。绕过洋房，一架木制观景平台延伸在湖面上。落日余晖中，一袭白裙的女人挽着乌黑的长发，痴痴地看着湖面上的两只水鸭。

“安安……”古文轻轻地唤起这个两年来在梦中无数次出现的名字，一时凝噎，竟泪流满面。

白裙女子柔肩微颤，猛然回头，那个在心里思念千百遍的熟悉身影近在眼前。没有犹豫、没有迟疑，瞬间两人紧紧地拥抱在一起。

“我以为再也找不到你了。”

“我以为你不会再爱我了。”

两年的委屈、无尽的相思，在这拥抱中化为了最刻骨的幸福。

老莫和李亮由衷地为他俩高兴。

两人满脸欣慰地默默离去。

夕阳下，两个亲密的身影在拥吻着。

第三章

兄弟齐联手 再战IPO

※

著名作家曹靖华游过大理之后，对大理的风、花、雪、月四景感慨万千，赋留风花雪月诗一首：

下关风，上关花，下关风吹上关花。

苍山雪，洱海月，洱海月照苍山雪。

接下来的几天，古文和乔安用脚丈量了整个大理，领略了大理的风、花、雪、月。

乔安恢复了往日的快乐，像个孩子般整日黏着古文。告诉古文这座洋房是她花800万买下来的，准备和古文在这里生活。另外养了两只水鸭，一只叫古古，一只叫文文，乔安每日都会对两只水鸭说话，以寄托对古文的思念。

古文温柔地拥着乔安说："我真希望和你就在这里，哪儿也不去，就像这两只水鸭无忧无虑，永不分离。但没有老莫，我们不可能这么快再相见。他现在要上市需要我的帮忙，所以我希望你能和我一起回去，帮他完成IPO。做完这个项目，我们就回大理，赏花赏月赏水鸭，品茶品酒品乔安。”

“臭流氓！谁让你品呀？”乔安娇羞道。

“嗯，知恩图报，应该的。我们一起走吧。”

“老莫，我明天回去，我们谈谈上市的安排吧！”

“太棒了！我等你这句话很久了。”老莫接到电话兴奋异常。

第二天，两人很快达成了合作条件。古文以副总裁的身份统筹睿富集团的IPO项目，年薪80万，上市前引进机构投资按1%提取佣金，并得1%公司干股。老莫大度，给的条件比这好，古文感恩，要的比这少。最后，折中达成了这个条件。

对于中年人来说，很多时候金钱并不是最重要的，他们更看重的是惺惺相惜，更看重的是能一起做一件有价值的事情。存在感、人生价值的实现，才是他们的理想所在。

晚上，老莫在希尔顿酒店安排了隆重的晚宴，欢迎古文的加入。

参加晚宴的有老莫的妹妹莫愁，她也是睿富的小股东，有分管业务的副总裁张东海，分管行政的美女副总裁肖梅，财务总监赵东升，财务经理李亚，以及古文、李亮和乔安。

张东海四十多岁，行伍出身，部队的经历塑造了他雷厉风行的做事风格。曾在丰田、福特、宝马公司做过市场总监，有着丰富的市场经验和销售策略。后来被老莫请到睿富。

多年来为睿富立下汗马功劳，深得老莫信任。

肖梅，知性美女，一头短发显得干练职业，钟爱范思哲，平素一副白领女性范儿。曾在通用汽车公司做行政工作，现在睿富做行政总裁，同时负责各大品牌汽车厂商的关系维护。工作能力极强，不过显得高冷，人缘不太好。

赵东升，光头，看不清是完全秃了还是刮得太干净，整个脑袋铮明瓦亮，配上庞大身形，犹如一个弥勒佛。资深CPA（注册会计师），据说年轻时混过“四大”（国际四大会计师事务所：普华永道、毕马威、德勤和安永），来睿富前是省内一家会计师事务所合伙人。

李亚，30岁出头，面容精致，身材苗条挺拔。CPA，上海财经大学毕业，毕业就一直在睿富工作，是睿富的老人儿，对睿富人财物了如指掌，对睿富充满感情。但不知为何，至今单身。

众人落座。菜上齐，酒斟满，老莫端起第一杯酒：“今天能请到古哥加入睿富，李大律师居功至伟，所以今天的第一杯酒要敬给李亮，感谢你为公司推荐如此资深的业内人士！”老莫一饮而尽道。

“是莫总慧眼识珠，看重人才，我只是牵针引线而已。”李亮和老莫私下是哥们儿，但当着老莫的高管团队，还是客气有加，也一饮而尽。

“第二杯酒我想敬给我们的美女乔安。”老莫面带微笑对着乔安，“谢谢你和古哥的爱情，让我依然相信有最纯真的感情。如果有一天我结婚，我希望是因为爱情，而不是年纪大了。祝你们永远幸福！”老莫有些感慨，说出了心底的话。在座的，除了古文和乔安，都是多年的朋友和同人，都知道老莫未婚。但大家也知道，老莫身边不缺女人。至于为什么没结婚，没人知道。

“最该感谢的应该是莫总，没有你的帮助，这份感情恐怕会夭折呢。”乔安半开玩笑却又认真地说。

“你俩重聚不必谢我，是上帝的安排，是命中注定。”老莫干了，让乔安随意。乔安从不喝酒，但今天为了感谢老莫，也大方地干了。古文赶紧递上一杯水。

“又秀恩爱！”李亮低声嘀咕，大家依然听得清楚。

“这才叫爱，爱就要秀出来。你学着点吧！以后对嫂子好点儿。”老莫对李亮说。众人大笑。

同为女人，肖梅和李亚对乔安投来善意而又嫉妒的眼光。

“第三杯酒要敬给我的高管团队，没有你们对睿富的付出，就没有睿富的现在。强大的执行力、高度的责任感和崇高的使命感是我们这支团队的核心价值。希望大家能继往开来，让睿富再攀高峰。拜托大家了！”老莫由衷地感谢这几位高管。

“士为知己者死！没有莫总就没我张东海的今天。”张东海豪爽的性格一览无遗。

“我们做的都是执行层面的事情，睿富之所以有今天全仗莫总的战略眼光。”肖梅的反应客观，又有一丝吹捧的意味。

“第四杯酒要敬给我们今天的主角——古文，古哥！”老莫隆重地介绍古文，“大家知道，为了睿富走进资本市场，我拜访了无数的市场人士，不是夸夸其谈者，就是招摇撞骗者；不是高高在上者，就是号称资源整合者。没有一个真正能被我欣赏的，直到李亮把古哥介绍给我。短短时间的接触，古哥渊博的专业学识，丰富的从业经验，深刻的洞察力，惊人的预见力，前瞻的战略眼光无不让我钦佩，尤其他对乔安的感情，对爱情的坚守，让我对他的人品坚信不疑。”

“睿富走到今天实属不易，但要走向更高的平台，走向国际化，那么寻求战略投资者、上市就势在必行。如果说睿富的现在和现有的团队密不可分，那么睿富的未来将取决于古哥。来，古哥，我们连干三杯！”老莫豪情万丈，稍稍忽略了几位高管的感受。

古文和老莫连干了三杯。

“谢谢莫总抬爱，不过你对我的介绍让我受宠若惊，不知是不是三杯酒的缘故，我好像对自己的认识有些模糊了，有那么高端吗？好像说的不是我，而是电影里的某个资本精英呀。”古文开起了玩笑，他不想给刚认识的同事带来压力，“在我们家乔安眼里，我就是一个俗人。”

“嗯，傻得可爱的俗人。一点儿也不像莫总讲得那样。”乔安嘟着嘴配合着古文，眼中流露着满满的爱意。

古文和乔安的一唱一和，顿时让人觉得亲切，气氛也变得欢乐起来。

“上市是企业的一个综合的系统性工程，非一己之力所能完成。睿富的过去离不开各位的努力，未来上市大家的努力更不可或缺。只有业务、行政、财务各部门通力合作，上市才会有希望。如果上市成功，你们才是最大的功臣！”古文发自肺腑的话拉近了和几位高管的距离，也在大家心里树立了谦和、大度的形象。

“作为发行人，上市企业就像西行的玄奘，唯有坚定的信念才能取得真经。一切妖魔鬼怪，一切艰难险阻，都要靠我们这个团队来面对。”古文形象地描述了上市的进程。

“我看莫总就是信念坚定的唐僧，古哥就是神通广大的孙猴儿……”李亮具体地说。

“那我就是勤勤恳恳的沙僧，做好业务，打好基础。”张东海笑着补充。

“那我们行政就是白龙马啦，为团队提供后勤保障。”肖梅不甘落后。

“那我们财务只能是猪八戒啦？唉，我们可是干的最紧要的工作，和八戒的清闲没法比呀！”赵东升光光的脑袋、大大的肚子，和悟能倒有几分神似。

大家看着他的模样，听着他的语气，不禁大笑起来。

“你挑着担，我牵着马，迎来日出，送走晚霞……”莫愁哼出这首曲子，大家更是狂笑不止。

“古哥，你知道我最欣赏赵总哪一点吗？”老莫问。古文笑而不答，老莫接着说：“我最欣赏他的光头！”

“为啥呀？”莫愁不解，追问了一下。

“俗话说：十个光头九个富。光头属金，金属财，光头的人能带来财运，所以我很重用赵总！”

“原来如此，我说我怎么能做一辈子财务呢，原来我沾了光头的光！”赵东升摸着光头，哈哈大笑。

“对，任何一个团队都需要有个光头才容易成功。你看全国有多少相亲节目，成功的只有江苏卫视的《非诚勿扰》，为啥？因为主持人孟非是个光头！”古文一本正经地开玩笑。

“真的是因为这个吗？”莫愁认真地问。又引来一阵大笑。

莫愁、肖梅、张东海、赵东升和李亚也纷纷和古文碰杯，表示不遗余力，全力配合，争取早日实现睿富上市的大业。

肖梅钟爱范思哲，她认为大牌的衣服可以把人的气质彰显出来。不可否认肖梅成熟的气质也完美诠释了设计师的理念，肖梅的气质和设计的理念相得益彰。今天肖梅身着一套麦当娜同款，职业干练却又带一丝性感。她向乔安敬酒，发现乔安穿着一套川久保铃的套装，看似随意却透着不凡，俏丽中带着端庄。乔安作为资深设计师，也非常欣赏肖梅的风格。她们后来成为闺蜜，这是后话。

很快，莫愁、肖梅、李亚、乔安四位女性探讨起服装、时尚和美容这些女人离不开的话题。

推杯换盏中，有豪情，有壮志。

欢声笑语中，有柔情，有蜜意。

一片祥和中，未来上市的路看似一片光明。会是这样吗？

一念是天堂 一念是地狱

※

周一，古文正式入职睿富集团。他立即组建了睿富上市办公室，他和老莫负责上市的整体统筹，肖梅配合，财务是重头戏，当然赵东升和李亚也要参与。

当天下午，古文给公司高层开会讲解资本市场基础知识，好让大家有个初步认识。

每家企业发展到一定阶段都会有走上资本市场的需要，有的是公司治理的需要，有的是企业融资的需要，有的是老板个人抱负实现的需要，更多的是几种需要兼而有之。一旦走向资本市场，企业将会有更大的资本平台，实现更大的产业抱负。当然，个人和公司也会实现更大的财富增值。

中国企业走向资本市场，实现IPO，有两个途径：一是在国内A股IPO，另一个是在国内大陆之外的地方上市，包括香港。

国内A股上市实行的核准制，由证监会核准发行。根据企业不同规模，分为主板、中小板和创业板。由于目前投资市场热情高涨外带货币超发，国内股市一直存在高价发行的现象，主板平均市盈率通常在15~25倍，中小板平均市盈率在50倍，而创业板平均市盈率达到夸张的75倍。因为超高的发行价以及巨额的募资金额，A股成为企业上市的首选之地。但是，A股政策多变，待上市企业众多，通常排队企业达到700多家，从递交申报材料到核准发行要3~5年。超长的等待往往让企业失去最好的发展机遇。因此，大量的中国企业把上市目的地选在境外。

境外上市实行注册制，上市便捷，周期短，没有盈利的具体要求，虽估值低、募资少，但可快速实现上市，成为很多未盈利但又急需融资的中国企业上市的第二选择。当然，很多企业境外上市有其他的目的和安排，比如商业模式认知方面的原因。

由于中国资本市场和外汇市场的高度管制，中国企业境外上市并非易事。中国政府为了防止资本外流以至掏空中国经济，2006年商务部与其他五部委联合出台了《关于外国投资者并购境内企业的规定》。其中规定，红筹上市模式中企业和个人前往境外设立公司必须到商务部报批。此文规定了报批的种种要求，但实际上商务部没有受理过任何一家企业的材料。相当于虽然为境外上市设了一道门，但这道门没有打开过。

为了实现境外上市，企业和投行及律所设计出了小红筹模式。其中，忠旺铝业美国上市模式以及新浪美国上市的VIE模式（协议控制）成为后来境外上市企业经常使用的模式。具体来讲，就是企业的实际控制人变更国籍，成为境外人士，在境外设立上市主体公司，再由境外上市主体公司收购境内实体公司权益，使境内企业变为外资企业，实现境外上市。

这就是江南集团老板兰姐何以委屈地说过："如果不是为了企业上市，我怎会放弃中国籍成为一个鸟不拉屎的岛国岛民?"

"变更国籍，成为外国人?"老莫和莫愁同时问道。

"对。为了快速变更国籍，一般会选择一些小国家。这几年圣基茨和尼维斯成为中国企业海外上市移民的首选地。"古文接着介绍，"圣基茨和尼维斯位于东加勒比海背风群岛北部，是一个由圣克里斯多福岛(圣基茨岛)与尼维斯岛所组成的联邦制岛国。该国原是英国的附属国，1983年9月19日独立，成为一个英联邦王国。圣基茨和尼维斯人口不足6万，黑人占94%，面积267平方公里。由于该国属于英联邦国家，获得该国护照的公民去世界上绝大多数国家旅行都免予签证。该国移民政策规定，外国公民只需向该国公益机构捐款15万美元即可获得该国国籍。更让人感到有诱惑力的是，圣基茨和尼维斯对其国民在海外的任何收益不征税收。费用低，办理速度快，无税收，因此是最好的选择。"

"除了移民，有没有其他路径？放弃国籍总有种背叛祖国的意味。"老莫对放弃中国籍略有不甘。

"我也不愿意，"莫愁说，"我外语一窍不通，到国外怎么生活？不行!"

"莫愁，实际控制人也就是老莫移民，你不需要。你的股份要转让给老莫。"

莫愁听了，不再说话，似乎在思考着什么。

“另一种方式就是代持。由某个境外人士代你持有境外股份，收购境内企业权益，从而上市。”

“代持？坚决不行！”老莫猛地站起来，情绪似乎有些失控。

“其实，代持也是很安全的，在大量的协议安排下，代持人只是个傀儡而已……”古文解释。

“不要再提代持了！移民，坚决移民。谁再提代持我就和谁翻脸！”老莫咆哮起来，脸都有些走形。

大家从没见过老莫如此失态，一时变得不知所措。古文更是尴尬甚至有些生气。他不知道老莫的这股无名火为何而生。

老莫摘下墨镜，胸口起伏着，他在极力地控制情绪。

“古哥，对不起。刚才失态了，向你道歉。”老莫态度非常诚恳，“代持的事不要再考虑，直接移民吧！”

“好。”古文虽有不解，但知道老莫肯定有难言之处，所以也就没把不快放在心上。

老莫为什么听到代持就发怒失控？他有什么难言之隐呢？

老莫无数次做着同一个噩梦。前一天夜里他又做梦了。在梦里，一头凶恶的豹子拼命地追赶他，他拼命地跑。然而，很快豹子追上了他，凶狠地撕咬着他的脖子，让他窒息，让他无法呼吸。那种窒息感、无助感和恐惧感让他从梦中惊醒，大汗淋漓……老莫下床，打开一瓶威士忌，狠狠地灌下一大口，平复着恐惧。

黑暗宽大的房间里，老莫显得那么无助，那么孤独，那么惊恐，完全失去了一家百亿企业老板应有的自信和果敢。

一个声音在对他说：“在巨大的机会面前，不能有妇人之仁！机会稍纵即逝，这是你改变命运的最佳机会。要知道睿富是你一手打造出来的，它应该属于为之付出的真正主人。这也是上帝对你的褒奖。”

另一个声音在对他说：“受人之托，忠人之事。贪恋财富，背信弃义，乘人之危强占不属于自己的东西，乃不忠不义的忘恩负义之徒！”

到底该听从哪个声音，情感还是理智？道义还是财富？纠结的老莫痛苦地窝在沙发上，透过高大的落地玻璃窗，无助地盯着远处的天空，似乎在寻求答案，直到东方鱼肚发白，一夜无眠。

上午10点，疲惫的老莫在接待浦发银行的客人，商讨一笔贷款。这时，司机小海悄悄进来，俯到老莫耳边说：“柳阿姨又来了，她要见你。”

老莫心头一颤，知道该来的终究会来，逃避永远解决不了问题。他决定见见柳阿姨。

原来，老莫并不是睿富真正的实际控制人。睿富实际控制人另有他人，是高志尚。高志尚是一位高官。

老莫老家安徽，出身贫寒。六岁时父母遭遇车祸，撒手而去，留下莫忠兄妹仨。兄妹三人儿时吃不饱，穿不暖，吃尽了苦头。十五岁时，老莫到东北参军。在部队，老莫为了摆脱贫困、出人头地，在汽车连刻苦训练，追求进步。冰天雪地中赤膊锻炼，以强健体魄；烈日酷暑下疯狂练车，以提高车技；也费尽心机靠近连长，以获得提拔。一年后因为为人机灵，驾驶技术高超，被调入团部，给团长开车。老莫车技高超，把车开得又快又稳，让坐车就晕车的高团长非常满意。随着高团长不断晋升，老莫也一直被高团长带在身边。直到高志尚转业到地方任领导，老莫跟随高志尚到地方，成为高志尚的心腹。

六年前，高志尚和老莫长谈了一次，希望老莫离开职场，进入商界。

“小莫，你跟了我多少年了？”那天，高志尚一改往日的威严，平易近人得让人不太适应。

“报告首长，十八年了！”老莫起身敬礼。

“坐下，坐下。别那么拘谨。你是我最信赖的人，今后不用那么严肃。”高志尚看起来和蔼又可亲。

“我为国家、为军队奉献了一辈子，几年后就要退休了，我在想，退休不能没有事情做呀，那样会显得碌碌无为，无所事事。”

老莫静静地听着。

“所以，我想趁着还在位，找人去外面做个项目，为自己安享晚年提供一些保障。”高志尚不紧不慢地说，“我考虑来考虑去，觉得小莫你最可靠，你愿意离开职场，帮我打理这个公司吗？”

当时，高志尚鹰一般的眼睛冷冷地盯着老莫。

老莫在心里快速地盘算着：有高志尚在背后协调各种关系，项目的成功应该不成问题，项目成功自己当然也会获利不少。更主要的是，如果自己不答应，高志尚会放过自己吗？

毕竟他已经把秘密告诉了自己。

所以，老莫对高志尚敬了个礼，"谢谢首长栽培，我愿效犬马之劳！"

"好，很好。没辜负我对你的期望！"高志尚非常满意，觉得自己没看错人。

一个月后，老莫辞去公职，拿着高志尚提供的3000万资金创立了睿富公司，成为高志尚的幕前白手套，为高家产业呕心沥血。

此事，高志尚做得极为隐蔽，除了高志尚自己、柳阿姨（高志尚老婆）和老莫外，无人知晓。

睿富成立后，高志尚在幕后协调各种关系，老莫在前方冲锋陷阵。也许是老莫能力超强，也许是超豪华汽车恰好在国内进入快速增长期，总之，六年内睿富公司爆发式成长，成为集超豪华汽车销售、别墅开发、高尔夫球场以及儿童素质教育为一体的集团公司，分公司遍布一线城市，销售收入360亿，利润达到20亿。

高志尚对老莫的经营能力大为赞赏，颇为满意。

然而，十八大后，党内、军内大力反腐，反腐利剑直指高层领导，很多"大老虎"被打倒。一时间，全国人民拍手称快，贪腐分子提心吊胆，度日如年。

半年前，高志尚被一份举报信实名举报，举报他多年来利用职权为他人牟利，收受贿赂。纪检委快速反应，"双规"了高志尚。由于举报信内容翔实，线索明确，纪检委很快查实高志尚的犯罪事实。高志尚承认了自己的犯罪事实，但对于一笔3000万的资金去向坚决不松口。无论纪检部门如何调查，高志尚都坚称不知道，没有吐露半点风声。

那笔3000万的资金就是由老莫代持的睿富公司的注册资本。高志尚知道自己难逃法网，所以希望能把睿富公司留给老伴，希望她能掌控睿富公司，安度晚年。

在被调查期间，高志尚的妻子柳如烟不敢承认也不敢来向老莫讨要股份。然而三个月前，高志尚在双规地点自杀。有人说他是畏罪自杀，有人说是被迫自杀。总之，高志尚以令人不齿的方式离开人世，撇下了自己的第二任妻子——柳如烟。

柳如烟办理好高志尚后事，认为人一死万事皆了，无人再去追查那笔3000万资金的下落，于是拿着高志尚的亲笔信来找老莫，希望老莫能归还代持的睿富股份。

老莫在高志尚被调查期间如惊弓之鸟，生怕高志尚供出睿富的资金来源和股东结构，如果那样，自己多年的心血将付之东流，恐怕自己也会有牢狱之灾。

庆幸的是，高志尚为了给家人留下财富，对这笔钱生生地隐瞒下来，也间接地保护了老莫，让睿富留了下来。

当柳如烟第一次来讨要股份时，老莫虽未承认但也并未拒绝。在巨额财富面前，老莫心中的欲望之火熊熊燃烧起来。

如果自己不承认代持的事实，睿富的股份将尽入囊中，一生的荣华以及个人价值将得以实现。如果归还股份，那自己将真正沦为打工者，自己六年来付出的心血和创造的价值将易手他人。怎么想怎么不甘心。所以，他心中渐渐有了吞噬股份的打算。

这就是为什么老莫被理智和情感、道义与财富折磨得彻夜难眠的原因，也是他为什么坚决反对境外人士代持股份实现上市的原因——他怕别人也吞噬他的股份。

今天，柳如烟过来，他希望能来个最后的了断。

柳如烟是高志尚的第二任夫人。高志尚在东北当团长时和柳如烟结的婚。柳的父亲也是部队首长，在高志尚的升迁过程中起了很大作用。但不知为何他们一直没有孩子。有人说，柳如烟没有生育能力。也有人说，高志尚在一次演习中被弹片击中，丧失男性功能。

柳如烟出身名门，一生安逸。没想到人到暮年，却落得家破人亡。膝下又无子女，唯有老伴留下的股份在老莫名下。这可能是她余生最大的依靠了。

柳如烟来找过老莫两次，老莫都以出差为由没见。柳如烟并未在意。老莫服务高志尚十几年，她都看在眼里。在她心里，老莫正直、踏实，是个可靠的人。

今天，她又约老莫见面。老莫答应了。柳如烟心情不错，感觉大半年的郁闷忧伤慢慢飘散。

老莫亲自到楼下接柳如烟阿姨，搀扶着柳阿姨来到办公室。

“阿姨，节哀！”老莫坐在柳如烟旁边，像极了儿子在母亲旁边。

“一切有我呢。”老莫双眼泛红。

“我没事。”柳如烟出身名门，虽内心哀怨却强忍着，不希望在小辈面前落泪，“你跟随老高十几年，我们相信你。”

“首长待我不薄。虽然首长走了，阿姨您放心，我会像儿子一样照顾您，让您安度晚年，为您养老送终。”

“小莫，阿姨相信你会的。”柳如烟欣慰地笑了。

老莫也欣慰地笑了。他想也许自己想多了，可能柳阿姨根本就没有要回股份的打算。

老莫站起来，给柳如烟倒了一杯白开水。柳如烟注重饮食，从不喝饮料，老莫一直记在心里。

“小莫，老高走了，我这次来呢主要是想把我们的股份过户到我名下。公司仍然由你管理，和以前一样。”

老莫一惊，水杯摔在地板上，玻璃四散，水花四溅。老莫知道该来的终于来了。

“阿姨，什么股份？”老莫强装镇定，假装不解，其实背上早已汗流浃背。

“哦，就是睿富公司的股份，不是由你代持的吗？老高当时给你3000万。”柳如烟以为自己没说清楚，又解释了一下。

“柳阿姨，我好像没听懂。什么3000万？什么代持？”老莫装着一脸不解，其实内心极度紧张。

“小莫，你……”这时柳如烟才感觉事情不对了，她看着老莫，这个曾经贴心的、熟悉的人一下变得模糊起来。

“小莫，你不会不认账了吧？这睿富公司可是老高用命保留下来的。老高对你那么信任，你可不能辜负他呀！”

柳如烟有些惊恐，手在不断地抖着，眼泪也不住地流着。她的眼神里有期待，但更多的是乞求。

老莫看着柳如烟的眼睛，内心极度恐慌，极度不忍。就在一刹那，他突然想改口承认。然而，巨大的利益诱惑这时已经充斥了他的整个大脑，他想要真正主宰自己的命运，不能让到手的财富再失去。

“阿姨，我实在听不懂你在讲什么。也许，这段时间你情绪不好，记忆有些混乱，要不你先回家休息一下。”

“小莫，我还没有老糊涂，我相信你也不会忘记。这个公司是属于我们家的，不是你的！”柳如烟已经有些歇斯底里，“忘恩负义，背信弃义，吞掉我们的股份你会遭报应的！”

“我感谢首长对我的恩情。但我没有拿首长的3000万！睿富公司是我一点一滴，从小到大，用汗水，用心血，用命打拼下来的！它只属于我！”老莫彻底否认了事实，他色厉内荏地大声喊着，是在掩饰，也是在发泄。

柳如烟知道老莫再也不是以前那个听话的小莫了，自家股份被老莫吞掉已不可挽回。她慢慢站起来，缓缓走出门口，最后回头说：“善恶终有报。”

老莫看着柳阿姨离去的无助孤独的身影，巨大的内疚感袭上心头，他身体一软，倒在了沙发上。

砰、砰、砰……急促而又响亮的敲门声。

老莫被惊醒，门刚打开，司机小海慌慌张张地告诉老莫：“柳阿姨跳楼死了！”

老莫惊得目瞪口呆，失魂落魄。

原来，柳如烟离开公司时已万念俱灰。半年多的时间，她经历了太多。老高没被查时，不知有多少人尊重、奉承她；老高被查后，不知又有多少人鄙视、疏离她。世态的炎凉、人情的冷暖让人到暮年的她尝了个遍。老高死后，柳如烟希望拿回老高用命保留下来的股份，重新振作起来，也不辜负老高最后的叮嘱——他临终前跟她说的是：好好活着，我在那边等你。

然而，没想到最让他们信赖的小莫却背叛了自己当初的承诺，没想到当初情同母子如今却撕破脸皮。老莫的昧心成了压垮柳如烟对这个世界所有留恋的最后一根稻草。她回到家，最后一次好好地化了一次妆，手里拿着一张和老高的合影，毫无留恋地从18楼决然跳下。带着对这个世界的不解，带着她感受到的这个世界的残酷无情，柳如烟走了。

高志尚的贪欲使他自毁前程，也让他丢掉了性命，是非对错，法律已有公断；柳如烟一生行善，无欲无求，到老却尝尽冷暖，家破人亡，令人唏嘘。

老莫想起那首诗：

世人都晓神仙好，只有功名忘不了！
古今将相在何方？荒冢一堆草没了！
世人都晓神仙好，只有金银忘不了！
终朝只恨聚无多，及到多时眼闭了！
世人都晓神仙好，只有娇妻忘不了！
君生日日说恩情，君死又随人去了！
世人都晓神仙好，只有儿孙忘不了！
痴心父母古来多，孝顺儿孙谁见了？

老莫像坠入了无底的黑暗中，他的心像被无数只虫子吞噬。如果一个人的良心真的被狗吃掉，他做恶事并不会感到羞愧和负罪。最痛苦的是良心被狗吃了一半，如果作恶将会受到良心的巨大折磨。此时的老莫就像良心被狗吃掉一半的作恶人。曾经认为自己一手打的天下归自己理所应当，曾经为自己的付出愤愤不平，曾经认为只有自己才能让公司发展得更好，这些为自己辩护的理由，这些安慰自己灵魂的说辞，在柳阿姨的死面前，一下变得那么苍白，那么无力，也显得那么无耻。

柳阿姨的死犹如一声巨雷，唤醒了老莫心中尚存的道义和良知。他为自己的贪念感到羞愧，他为自己的绝情感到不齿。如果时间可以倒流，他会毫不犹豫地把股份还回，踏踏实实地经营公司；如果时间可以倒流，他愿用自己的性命换回柳阿姨，让她安度晚年。

可惜，时间不会给人悔过的机会。一念天堂，一念地狱。今生老莫将背负着巨大的良心债，负罪而行。

他该怎么做？他会怎么做？他还能做什么？

雄伟的黄河从青海三江源发源，一路蜿蜒奔腾，流经中原大地已变得温和平稳。在黄河南岸，是连绵起伏的山岭，那是亿万年黄河淤积的黄土岭。黄土岭瓷实干燥，加上依山傍水，成为绝佳的风水宝地。“生在苏杭，葬在北邙”，是对这片黄土岭最好的描述。

老莫花了将近100万在北邙买了一块墓地，把老高和柳阿姨合葬在一起。这里青松环绕，翠柏林立，老莫默默地抚摸着墓碑。墓碑上刻着：严父高志尚；慈母柳如烟。碑文“恩情不忘”，落款莫忠。

老莫离开时，心中默念着：告慰二老的最好方式就是让睿富基业常青，百年永续！

这一段故事，老莫没有告诉任何人，无人知晓。它将会永远地埋在老莫心底。

青翠的树木掩映之中，一个身影隐现，她默默地看着老莫离去，扶着墓碑放声大哭。

他乡遇故知 收购暗藏谜

※

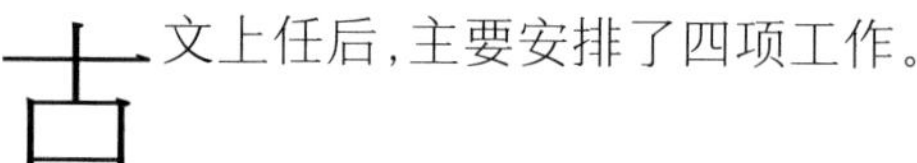

古文上任后，主要安排了四项工作。

一、由张东海负责制定未来三年的市场战略，完善商业模式，制订切实可行的增长计划，并约定会以经营目标责任书的方式进行约束，确保完成。同时，以期权进行激励。如完成增长目标，张东海可获1%的股权激励。张东海对中国经济，对市场乃至他的销售团队颇有信心，表示很快会拿出方案。

二、由赵东升负责，全面梳理规范睿富公司过去三年的财务报表，并结合张东海的市场计划，完成未来三年的盈利预测。在财务上，老莫知道自己是为高志尚代持股份，自己没必要因为偷税漏税而犯事儿，所以从一开始就要求不做假账，照章纳税。所以财务上没什么大问题，不需要做大的包装和设计，规范一下即可。这一点，远远超出古文想象。

赵东升说:财务报表即便不动,也可以直接提供给中介机构,我有这个信心。

三、由肖梅负责全面整理公司各种规章制度、历史沿革、各种审批手续、政府批文等资料。

四、搞定汽车生产资质,寻找到最可靠的智能汽车技术拥有者。这是睿富公司上市最重要的问题,也可以说是最大噱头。这项工作最棘手、最重要,当然落在了古文手里。

目前,国内汽车生产资质属于工信部审批项目。为了保护民族汽车产业,获批的条件相当高。新增传统汽车项目获批可能性为零。近期在疯传国内一些公司可能会获得新能源汽车生产资质,比如乐视、福耀等。

当时古文给老莫筹划境外上市,把造智能汽车作为募投项目时,并非信口开河。虽然申请资质难度大,但有另一条路可行:收购或控股一家汽车生产商,然后研发生产智能汽车。

在一年前,古文接触过一家汽车生产厂——长江汽车公司,主要生产皮卡。实际控制人老顾年纪大了,英国留学回来的儿子学的是金融,对汽车生产、对接班一点兴趣都没有。所以,老顾有卖掉公司的念头。睿富要想取得资质,这是千载难逢的机会。

古文和老莫很快商定好谈判策略,约定时间去谈判收购事宜。

长江公司原先是某市的拖拉机生产厂,曾经在20世纪

80年代拥有过辉煌历史。后来在90年代初改制，被厂长老顾以MBO（Management Buyout，管理层收购）方式控制。随着外资汽车在国内的攻城略地，没有研发能力、没有核心技术的长江公司近几年生意非常惨淡，现在仅有一款皮卡车上市。

老顾的儿子是个典型的富二代，开跑车、泡美女、学金融、做投资。他认为实体产业来钱太慢，做投资挣快钱是他兴趣所在。

老顾膝下只有这一个儿子，无人接班成了老顾的心病。所以，古文给他打电话说要收购长江公司，老顾也就同意谈谈了。

老顾的儿子小顾到机场接古文和老莫。小顾身着中长款风衣，围着薄款围巾，透着浓浓的英伦范儿。

“莫先生好，古先生好，很高兴见到两位。”小顾寒暄着，“两位辛苦了！”

“少董好！麻烦你亲自来接。”

“两位先生一个是豪车经营者，一个是资本精英，都是我的兴趣所在，所以很乐意效劳。”

小顾驾驶一辆玛莎拉蒂，一路上和老莫交流着各款名车。老莫对各款名车性能了如指掌，讲起来如数家珍，小顾听得异常兴奋。

很快，车子进入市区。古文看着窗外街景，无意中发现前边一座写字楼下聚集一群市民，扯着条幅，条幅上写着：鑫琦诈骗，还我血汗钱。

古文刚要开口问小顾，小顾车子却猛地拐弯驶入一条小道。绕行几个路口,终于来到了长江公司。

老顾已在办公楼下迎接老莫和古文。他的头发花白,身形消瘦,虽做董事长多年,但一眼还能看出来老一辈工程师的影子。那一代人实干、勤奋、务实,但内心保守、传统,看不惯年轻人的行为,欣赏不了年轻人的审美。这样的年代烙印深深地影响着他们这一代人,也深深影响着长江公司的产品,皮卡车皮实耐用却多年无创新设计,以致慢慢失去市场。可见既有传统文化又有创新思维的企业家是多么的难得。

谈判对公司来说属于机密事情,而且也怕走漏风声引起员工动荡,所以这次谈判参加的人员只有老顾、小顾、老莫和古文。

事先双方都已电话沟通过,小顾已按古文要求整理了公司的历史沿革、股权架构、各类资质以及前三年的财务数据。古文快速地阅读后,除了财务状况外基本满意。话题进入关键内容:价格。

"莫总、古总,不瞒二位,来和我们谈并购的企业不止你们一家,知名度和实力也都远在睿富之上。"小顾虽是下马威,说的却也是实情,他希望能在心理上占据谈判优势,"不过,因为父亲和古总相识,所以还是想和你们谈谈,看看我们是不是有缘分有机会合作。但是,在价格上我们不希望做太多的纠缠,整体出让,一口价8亿。"

老莫和古文并没有被这个价格吓住,倒不是他们认可这个价格,而是他们知道这是在试探睿富的承受能力。

"少董,每家企业对自己的公司都怀有感情,都有自己的价值判断标准。我们都很理解。但对于长江公司来说,市场的萎靡、财务状况的恶化也是不争的事实。要价这么高,恐怕没人接受吧?”老莫微笑着,不紧不慢地说。

“呵呵,莫总,你有所不知。现在,长江公司的价值并不体现在财务上,而是体现在生产资质上。请问,如果不并购已有资质企业,依睿富公司的现况能拿到生产许可吗?”

“不能,或者说需要非常漫长的时间。”老莫非常坦诚。

“对咯,这就是我们的价值所在!你这个价格买进看似输了金钱,却赢得了时间,时间是宝贵的呀!”小顾有些得意。

“请问少董,是哪家公司和你们谈的并购?”古文说。

“哈哈,说出来你们一定知道。欢视,大名鼎鼎的欢视。”小顾口无遮拦地说出了对方的名字。

古文心中一乐,知道该怎么谈了。“请问交易方式呢?如果不出意料,一定是通过增发股票来收购喽!”

“对呀,估值8亿,增发股票来并购。”

“少董,请问你炒股票吗?”

“炒呀,学金融的哪会不炒股票?”

“如果有一只股票市盈率两百多倍,你会不会买?”

“严重炒作,脱离基本面,只有傻子才会买!我奉行价值投资。”

“我也不会买。但请注意,欢视就是这么一家公司,靠概念炒作,疯狂时市盈率接近300倍;即使经过大跌,现在的市盈率也在160倍。增发收购相当于给了你8亿现金去购买市盈率高达200倍的欢视股票,你不觉得亏吗?”

小顾猛地明白了,上次欢视来人谈判开出的价码确实诱人,但今天古文这么一说,他明白了欢视为什么可以给出那么高的价格。原来更高的是欢视股价,其实自己并没有占什么便宜。如果欢视股价崩盘,自己的财富将严重缩水。但他仍强装淡定地说："我们可以选择现金支付方式的。"

"哈哈！"古文大笑，"你认为甄布斯有现金吗？"

甄布斯是欢视老板的外号，他崇拜乔布斯，自认乔布斯门徒，故有此称谓。欢视欲打造互联网生态，需要巨额资金支持，为了融资，欢视通过各种关联交易为上游企业输送利益，以维持高股价，然后套现或质押借款，资金到账后再输送上游企业。这是个危险的资本游戏，一旦资金链断裂，整个系统就会崩盘。

这种游戏不是甄布斯首创，在中国资本市场已有多位大佬玩过。玩成功了，你就是超级玩家，被视为资本市场的赢家；玩失败了，将万劫不复，甚至身陷囹圄！最广为人知的，是曾经的唐氏兄弟的德隆系，玩转新疆屯河、合金投资和湘火炬三家上市公司，最后还是以崩盘结束，唐氏兄弟也身陷牢狱之灾。

"不要再谈增发股票收购的可能了。炒股炒不出现代化，实业兴邦，只有实体经济发展了，中国经济才有未来。如果要买就只有现金支付这一种可能。莫总、古总，开个价吧。"老顾有些不耐烦。

老顾对股票、对资本市场一点儿也不感兴趣，内心充满抵触情绪。他认为资本市场纯属投机，只有实业才是正途。其实，资本市场助力实业经济是不争的事实。但老顾的想法也代表了一部分企业家的观点。所以，老顾对儿子开跑车、泡美女、玩金融、做投资非常反感，无奈只有这一个儿子，也就只能一再迁就了。但在出让长江公司这件事上，老顾有自己的打算。他希望接手的人是个真正懂车的人，是个实实在在做实业的人。所以，当古文联系他，告诉他睿富公司的简介，老顾还蛮认可。觉得睿富作为汽车销售公司是真正懂车的，也相信他们能治理好长江公司，把长江公司带到一个新的发展阶段，也不枉自己一生的心血。

“我们不是上市公司，所以根本不能通过增发股票来收购长江公司，这一点请你放心。我们有实力用现金支付完成交割。”老莫信心十足，“但基于长江公司的现状，我们只能给出1.8亿的价格。这是我们所能支付的最高上限。”古文和老莫在来谈判前已经详细地分析过长江公司的资产状况，厂房、土地、设备等固定资产约1.5亿，银行负债4000万，预付账款和应收账款基本持平，长江公司净资产在1亿左右。考虑到长江公司的各项资质，长江公司的估值在2亿左右。故而老莫先出价1.8亿。

“莫总是在开玩笑吗？欢视出价8亿，你出价1.8亿？不谈了，一点儿诚意都没有！”小顾非常恼怒。

“这个价格非常合理，已经完全考虑了长江公司的全部核心要素。少董你金融科班出身，想必也了解欢视的出价并不是公允价值，是一个资本游戏而已，因此并不具有参考性！”古文很有耐心地说服着，“另外，我可以告诉你一个消息，和你们洽谈并购只是欢视取得生产资质的一个途径而已，欢视也在积极申请资质。据我了解，国家工信部正在审核一些企业的申请，欢视也在其中，估计很快就会有消息。如果欢视的申请通过，那么……”

古文并不是在欺骗小顾，此消息并非空穴来风。随着新能源技术和互联网技术日趋成熟，智能汽车的研发在全球渐入佳境。在此背景下，国家也有意放开一批互联网企业和汽配制造企业进入整车制造领域，以推动整个汽车产业的升级换代，打造民族汽车工业，在智能汽车领域实现弯道超车。

“哈哈，此消息传言已久，审批不是那么容易的，我断定三年内不会有结果。”老顾对此有些不屑一顾。

“顾总，依你的行业经验也许你是对的。但请你不要忽视总理对互联网企业的信心和支持的力度，以及实现弯道超车的决心！”古文回答得委婉又坚定。

“仁者见仁，智者见智。这样吧，今天不谈了，我们去做一件更有意义的事儿！”老顾笑着说。

“更有意义的事儿？”老莫一头雾水。

“吃饭。”古文点破了这个梗儿。

哈哈哈哈，四人笑成一团。

小顾把晚餐安排得非常精致。精致的餐厅，精致的美食，精致的美酒，以及精致的美女，一切都凸显着这位“海龟”刻意营造的精英范儿。然而，几次急促的来电让人看出小顾有些焦虑。

晚餐结束，老顾让小顾送老莫和古文回酒店，但古文看到小顾有些急躁，可能有事情要办，便借口想散步减肥，婉拒了。小顾匆匆离去。

老莫和古文沿街慢慢散步回酒店，一路的灯火辉煌以及行人脸上的笑容似乎在告诉人们，这是个幸福的时代。

老莫说：“古哥，你知道什么是最大的幸福吗？”

“我想听听有钱人眼里的幸福。”古文有些打趣。

“我一直认为爱人挽着你的胳膊，你拉着女儿的手一起散步，是最大的幸福！”老莫描绘了一幅温馨的画面，“而我直到现在都没有享受这种幸福。”老莫有点儿感伤有点儿落寞。

这种幸福何尝不是古文的愿望呢？但看着老莫落寞的样子，只好半开玩笑地说：“这对于你来说不难吧？多少美女想嫁给你这个富豪哪！”

老莫苦笑着摇了摇头。

走到一家超市门口，古文突然烟瘾上来，两人走进超市想买包烟。

“老板，买包烟。”

“好嘞。古大哥，怎么是你？”

古文仔细一看，猛然想起来几个月前发生的一件小事。

那是冬天的一个早晨，冷风中，古文晨跑后照例来到一家早餐店吃早餐。因时间尚早，店里的食客只有古文和一个小伙子。

突然，那个小伙子和老板争执了起来，因为他在牛肉胡辣汤里没有看到牛肉。

“为什么我的汤里没有牛肉？为什么？”小伙子大声地质问老板。

老板抱歉地解释说：“也许牛肉煮化了，也许正好没盛到你碗里。别着急，我再给你盛几块牛肉。”

“我不要牛肉，我只想知道为什么别人能盛到，而我没有？”小伙子越说越激动，竟然哭了起来。

老板惊呆了：“一碗胡辣汤而已，不至于啦，给你免单了小伙子。”

小伙子没有理老板，边哭边喃喃自语：“我已经二十几岁了，还为一碗胡辣汤斤斤计较吵起来，这根本不是我要的生活！我什么时候才能不过这种日子?!”

生活重压之下发出的呐喊，让所有苟且于生活的人心头一凛。

“我想不明白为什么别人一顿饭消费动辄几千块，而我却只能天天快餐。我想不明白为什么别人开豪车，而我却要每天挤地铁公交；为什么别人全身名牌，动不动就来一场说走就走的境外游，而我却不得不为了讨好客户在酒桌上拼命。是我不努力吗？我天天在深夜里加班。是我不优秀吗？我也是名校毕业。我住在出租屋，每天愿意和我交流的只有房东大爷大妈……”小伙子貌似有些情绪失控。

古文内心很受触动，也想起自己曾经的不易。那些艰难、幻灭，谁没经历过呢？负重前行，应该是每一个想要上升的人的必经之路。也许，我们大多数人都没有过上自己想要的生活，都在忍辱负重艰难跋涉。谁的生活能是轻而易举的？

就在这个早晨，就在这个早餐店，几个人似乎都念起了生活的不易。没有深夜痛哭过的人，不足以谈人生。也许，我们大多数人都没有过上自己想要的生活，还在蝇营狗苟地向生活摇尾乞怜。也许我们大多数人心里都隐藏着愤懑忧郁，却还在强颜欢笑。

小伙子起身，走出店门，走进寒风中。

古文也走出店门，追上小伙子，陪他聊了好久，也一起走了好久。

今天的这个店老板是几个月前在早餐店里情绪失控的小王，当时古文留了他的电话并给了他5000元。没想到，他

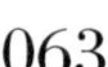

们在这里见面了。

原来，这里是小王的老家所在地。那天，小王被古文的一句话“离开并不是逃避”所触动，他决绝地离开了省城，回到了家乡，开了这家超市。生活压力不大，也便于照顾年迈的父母。

老莫听了这段故事，也觉得蛮有缘分。

“古大哥，莫大哥，你们来这儿谈什么生意呀？”

“哦，我们来长江公司谈个合作。”

“长江公司？就是汽车厂吧？那你们要小心了！”小王非常担心，生怕他们吃亏，“这里都在传长江公司老板的儿子非法集资了一个多亿做投资，结果投资失败，血本无归，集资户都在讨要集资款，还游行堵门呢！你们要小心点。”

“哦？有这事儿？”老莫和古文非常惊讶。

联想起来时看到的条幅和晚餐时小顾的焦虑，古文判断这事儿恐怕不是空穴来风。

“他儿子的公司是不是叫鑫琦公司？”古文想起那条幅，于是问小王。

“好像是的。”小王回答。

“没事的，我们只是初步接触，不会吃亏的，不用担心。”古文若无其事，心中却有了主意。

“这是一万块钱，你拿着，照顾好你妈妈。有困难就联系我。”临走时，古文和老莫又留了一些钱。

“谢谢两位大哥。”小王看着他们的背影，异常感动。

原来，小顾留学回来，对于父亲的接班安排一点都不上心，总想利用自己所学做些投资生意。刚开始老顾给了小顾

500万，让他折腾，心想：等你折腾完了你就会老老实实回来接班。

小顾把500万放高利贷给了一家房地产公司，收取40%的年化利率。一年后连本带利收回了700万。小顾觉得放贷挣钱又快又省力，于是就注册了鑫琦投资担保公司，以年息18%从社会集资了1.6亿，又放贷给了房地产公司，从中收取息差。没想到房地产公司资金链断裂，1.6亿血本无归。

集资户发现几个月收不到利息，于是开始集体闹事、上街游行。甚至还有集资户扬言要与小顾同归于尽。

小顾这几天被集资户追得无处藏身，焦头烂额。

好在这些事儿，小顾一直瞒着老顾，不然能把老顾气出心脏病来。

第二天上午，老莫和古文单独约小顾到酒店。一夜没睡的小顾看起来非常憔悴。

"少董，我们知道你遇到了难处。我们愿意帮你解困！"老莫单刀直入。

"什么？没……"小顾看着老莫的眼，知道瞒不住了。

小顾掏出一支烟，慢慢点上，狠狠地吸了一口："谈谈条件吧！"

"我们不会乘人之危，不会压价，还是1.8亿。先支付1亿帮你还债，一年后付清余款。"老莫讲出了和古文商量好的条件。

"这是最后的条件吗？"小顾非常沮丧。

"是的。但是你父亲的工作还需要你去做通。"

"容我考虑一下吧，我会尽快回复你们。"小顾狠狠地掐灭了香烟。

一周后,小顾打来电话,说父亲已同意,希望尽快完成交割。老莫让李亚代表睿富集团前去签约,顺利完成收购。

第六章 小人常戚戚 三人用武力

※

三个月过去了，古文安排的四大任务期限已到。张东海制定了详细的销售增长计划以及执行方案。未来三年的复合增长率在38%~45%，执行方案主要是在江浙沪增加4S店，以扩大市场占有率。肖梅的材料也准备得比较完善，虽然有些瑕疵，但应该问题不大，等投行进来再做完善。然而，赵东升的财务却迟迟不能规范完成，这和他当初信心十足的保证有了很大落差。古文准备打电话问问赵东升。就在这时，门外传来敲门声。

“请进！”

李亚推门进来，修长的身材被干练的工装衬托得更加挺拔，黑丝袜、一步短裙、丰满的胸部，无不透露着成熟女性的魅力。

“古总，这会儿方便吗？有个事情向你汇报一下。”李亚有些心神不定。

“方便，你说说看。”

“古总，按照你的安排，我们财务部把过去三年的财务做了整理，发现了一些问题。赵总不让我向你和莫总汇报，但我觉得有些严重，可能会影响上市审计，所以想私下给你说说。”

“哦?”古文朝门口看看，确认门已关好，“什么问题?”

原来，李亚在翻阅原始凭证时，无意中发现会务费用发票都是套开的假发票。几年下来，累计有1800多万!

因为套开发票的票号和出票单位是真实的，所以有极大的隐蔽性。这是一些开票公司常用的方法。但古文想睿富不至于买假发票做账。于是问李亚:“会务公司是公司长期合作的公司吗?”

“是的，会务公司是莫总妹妹莫愁控制的公司。”

“李亚，你不会弄错吧? 莫愁会给睿富开假发票? 这可不能开玩笑。”古文变得有些严肃。

“古总，一开始我也不相信，觉得不可思议。但我仔细看过，确实是假的。赵总也看过，但他说没事的，会计师事务所都是一些小朋友，发现不了的。还特别关照我不能给你说。”

“这个赵东升!”古文也知道，会计师事务所审计主要是履行审计程序，对于原始凭证的真伪有时会忽视，尤其对于一些金额小的项目，根据重要性原则往往会忽略。但一旦被审计发现有造假行为，就会质疑你所有的凭证和财务数据，会给审计工作带来极大的麻烦，甚至影响整个上市进度! 这还真不是个小事!

“古总，自从见到你，我就非常敬佩你，觉得你是值得信赖的人，所以……”李亚有些担心。

"李亚，你也是为公司考虑。你放心，我不会暴露你的，也会处理好的。你不要有顾虑，也不必担心。"古文向李亚承诺。

"谢谢古总，那我先去忙了。"李亚得到古文的保证，情绪变得好起来，眼波流转，冲古文开心地笑了一下。

古文也笑了一下，心里暗说：李亚还真是个美女！然而，看了看办公桌上乔安的相片，马上收起笑容，对李亚说："慢走。"

酒店房间内，一对男女在床上纠缠着。女人跨坐在男人身上，丰满的胸部随着身体的起伏上下晃动，一会儿撩一下垂下的长发，一会儿抚摸一下胸部，呻吟着，享受着。身下的男人欣赏着女人的激情，期待着最后高潮时刻的到来。

激情过后，女人和男人满足地躺在床上。男人点上一支烟，美美地享受着。

"莫愁，有个事儿得给你说下，你好有个准备。"说话的男人是赵东升，女人是莫愁。

莫愁是莫总的妹妹，开了一家会务公司，主要给睿富公司做些策划活动以及组织会议服务。三年前，莫愁离婚。由于经常和财务部打交道，随着接触的频繁，和赵东升互生好感。赵东升是有家室的人，他和莫愁是逢场作戏。虽然担心老莫知道，但又贪恋莫愁的身体，所以两人一直在偷偷约会。莫愁也不是真的想要和赵东升结婚，只是离婚后情感和生理的需要，才和赵东升有了露水情缘。

"什么事呀？大惊小怪的。"莫愁愉悦的心情被赵东升破坏。

“李亚这小丫头发现你套开发票的事情了。好在我及时阻止了她向莫总和古文汇报。不过,你还是小心点。以后不能再套开发票了。”赵东升认真地对莫愁说。

“切！我以为什么事呢。”莫愁不以为意,“我不信我哥知道了能把我怎样。”

“我知道你们兄妹情深,但是还有古文呢,对他我可没什么把握。”

“放心吧,公司是我哥的,古文说了不算!”

原来,莫愁为了多赚些钱,少交点税,她请教过赵东升。在会计界钻研几十年的赵东升给莫愁出了这个馊主意:采取套开发票的形式给睿富提供发票。但这次李亚的发现还是让他有些担心,万一被古文知道或者审计时被发现,他这个财务总监估计就当到头了。

但事已至此,他也寄希望于李亚不会告发、审计不会查到。

两人穿戴整齐,结账走出酒店,分别上车前后离开。

停车场里一台法拉利静静地停着,车里的男人吃惊地看着两人离开,顿生疑惑。

男人正是老莫,他今天在酒店见个朋友,却发现妹妹和赵东升在一起。

老莫打电话给酒店老板。由于经常应酬的关系,老莫和酒店老板已是多年的朋友。

“张总,麻烦你帮个忙呗!”

“莫老板这么客气？有事您说话。”

“帮我查查一小时内退房客人的名字。”

“莫老板，哈哈，酒店有保护客人隐私的义务。不过，莫大老板的要求，兄弟照办。等着啊，一会儿回你。”

5分钟后，老莫收到短信，离店客人名册中赫然写着莫愁、赵东升！

老莫的脸顿时涨得通红，巨大的羞辱感涌上心头。妹妹竟然和人开房，而且还是和自己的财务总监！赵东升你他妈的是有家室的人哪！玩弄我妹妹！妹妹你也是的，干啥不好，却做人小三儿！

想着赵东升每天对自己毕恭毕敬，背后却在床上蹂躏妹妹，心里一阵翻腾。这真是羞辱！耻辱！家丑！老莫的肺快要气炸了！

第二天下午，老莫约莫愁晚上到家里吃饭，准备和她谈谈。准备下班时，古文进来办公室。

“老莫，有个事想和你聊聊。”

“好，不过时间不能长，我今天回家有些事。”老莫急着回家见莫愁。

“哦，不会太长时间。我这几天在财务部检查，发现了一点问题，和你交流一下。”古文为了保护李亚，说是自己发现的。

“说吧，财务我还是放心的。”老莫心不在焉地说。

“也没多大事，就是发现了1800万的假发票。”古文尽量淡化事情的严重性。

“什么？1800万的假发票还是小事？哪个供应商干的？赵东升这王八蛋干什么吃的！”本来老莫心情就不好，听到这消息，又是和赵东升有关系，一下子暴跳如雷。

“老莫，别急。这事儿和莫愁有点儿关系。”古文没想到老莫反应这么大，只好实话实说。

“莫愁？又是莫愁！”老莫听到和莫愁有关系，更是火冒三丈！

“老莫，没有那么严重，财务调整一下就可以的。”古文以为老莫是因为莫愁开假票而大发雷霆，连忙安慰。他不知道，老莫真正恼的不是这事，而是莫愁和赵东升开房的事，开假票不过是火上浇油罢了。

“赵东升知道莫愁的发票有问题吗？”老莫问。

“应该知道。”古文如实回答。

“狼狈为奸！”老莫气急之下，口无遮拦。说出口马上意识到有些不妥，但也没改口。

“古哥，这事儿我知道了。以后再也不会发生类似事情了。麻烦你交代财务部调整一下账目，不要有什么后遗症。”老莫镇定地安排着，他心中已打定主意。

老莫离开，古文有些不解。平时情绪自控能力颇强的老莫今天怎么会如此失控？古文不知老莫心里的难受。

父母离世早，老莫兄妹三人相依为命，年少时吃尽苦头。作为老莫的妹妹，莫愁一直被老莫照顾得很好。老莫事业有成时，帮助莫愁买房、结婚，甚至让她成立公司专做睿富公司的会务工作，每年一百多万的净利润足够莫愁过上优越的生活。老莫甚至像父亲疼女儿一样地疼妹妹。

开具假发票，老莫本不会生气，最多让妹妹不要再这么干了，毕竟是违法犯罪的事，依莫愁现在的收入根本也没有必要这么做。老莫真正恼怒的是莫愁和赵东升的私情。他无法接受妹妹做小三,而且对方是个比老莫都要大的男人,这个男人还是他的下属——一个整天对他唯命是从的人!

他感觉这是赵东升对他做的阴暗手段,是赵东升试图控制自己的阴险伎俩。

尤其今天古文告诉老莫赵东升知道发票是假的,这更坚定了老莫的判断:这件事一定是赵东升教唆的!他想借此抓住老莫兄妹的把柄!

事情也确如老莫判断。赵东升表面和善,一脸慈祥,但心思缜密、城府很深。他在老莫面前毕恭毕敬,心里却极度不满。老莫越成功,他心理越不平衡,总想在某些地方找平衡。同时,他试图抓住老莫兄妹的把柄来确保自己职位的安全。

于是抓住老莫把柄、睡他妹妹成了赵东升平衡心理和保护自己的最终想法。他在莫愁离婚后,适时地给予莫愁安慰和关心。而莫愁当时空虚寂寞又缺乏关爱,赵东升的关心让她感受到了温暖,渐渐地,从小缺乏父爱的莫愁对这个老男人产生了依恋和信赖。一来二去,莫愁就成了这个老男人的猎物。赵东升不仅享尽了莫愁曼妙的身体,也让莫愁开假票抓住了老莫兄妹的把柄。

莫愁简单、不世故,哪里知道赵东升的阴暗心理,只觉得这个老男人对她好,所以就全身心地爱上了这个老男人,从此言听计从,不求回报。

老莫的家在自己开发的别墅区内,地上三层,地下一层。一层为客厅、餐厅及保姆居住,二层老莫居住,三层客房,地下一层作为娱乐休闲,家庭影院、KTV一应俱全。现代风格的装修简约而不简单。

保姆安排好晚餐，被老莫临时放假回去看望孩子。他要单独和莫愁聊聊。

随着门口“嘀嘀”的锁车声，莫愁翩然而至。老莫端详着款款走来的妹妹，心里五味杂陈，有疼爱也有痛心。

“哥，今天怎么有空在家里吃饭?”莫愁问哥哥。

“今天难得有空，我让保姆做了几个拿手菜，咱俩好好说说话。”老莫招呼妹妹坐到自己身边。

莫愁坐到老莫身旁，倒了两杯红酒，端起一杯递给老莫：“哥，以后少喝白酒，喝白酒伤身体，喝红酒有益健康。”

老莫接过酒杯一饮而尽。莫愁大笑：“哥，你这哪是品红酒？这明明是在喝白酒嘛！”

老莫也笑了起来：“没办法。我还是喜欢大口喝酒。每次和那些号称精英上流的人喝红酒，都觉得太作，太难受。繁文缛节、程序化，太无聊！哪有大口喝酒来得爽快！”

“说到底，哥你还是太土！知道你现在讨不到老婆的原因了吧？呵呵。”

兄妹俩餐桌上说说笑笑，浓浓的亲情和温馨在屋内弥漫着。老莫感受着这份亲情，不忍心破坏这份温馨。但老莫想尽快解决这件事情，不想再拖下去让小人暗中得意。所以他还是开口了，他委婉地说：“莫愁，我没记错的话，你今年三十五岁了，离婚也三年了。该给彤彤找个爸爸了，你也需要一个男人，这样才算是一个完整的家。”彤彤是莫愁和前夫生的女儿，离婚后跟莫愁生活在一起。

“我觉得单身挺好，我愿意一辈子单身下去。”莫愁漫不经心地说。

“单身不是不行，但你不能……”老莫有些说不出口，毕竟这是一件羞耻的事儿，毕竟莫愁是自己的亲妹妹。

“哥，不能怎样？你是不是听说什么了？”莫愁有些慌乱，她和赵东升的私情一直瞒着老莫，因为莫愁知道哥哥绝对不会同意，也知道如果老莫知道会大发雷霆，莫愁也知道这不是什么光彩的事。

“我都知道了，而且亲眼所见，你也不用隐瞒了。”老莫非常痛心，“丑事呀！妹妹。这让人知道了，哥的脸面都丢尽了！”莫愁一言不发，她也不知道说什么好。

“马上和赵东升断绝关系，我会很快让他离开公司。这个人阴暗狡诈，迟早是个祸害。”老莫叮嘱莫愁。

“他人很好，不像你说的那样。”莫愁辩解着。

“好个屁！只有你这么单纯的人才会信他。好人会在外玩女人？好人会教唆你开假票当把柄？妹妹，你被欺骗了，被玩弄了！”老莫怒不可遏。

“发票的事情你也知道了？”莫愁怯怯的。

“都知道了。你知道后果多严重吗？不单会影响上市，更重要的是赵东升会抓住我们的把柄，随时可以要挟我们！”

“不会吧，他只是想让我多赚些钱……”莫愁对赵东升还怀有感情。

“赚钱用得着他操心吗？赚钱有必要违法吗？他是把你当成棋子，在陷害我们哪！”

莫愁好像意识到了问题的严重。回想起和赵东升交往的这些年，这个老男人除了对她的身体索求无度外，还从她公司借走了很多钱，好像从来没有付出过什么。自己这是怎么了，为什么会傻傻地听信这个老男人？为什么会陷入这个老男人的圈套？为什么会做对不起哥哥的事情？为什么会

做亲者痛仇者快的事情？莫愁一下子陷入了深深的愧疚之中。

“哥，我错了。我不会再和他来往了。”莫愁泪流满面地向哥哥道歉。

“妹妹，没事……”老莫看着伤心的妹妹，抱住妹妹安慰着。莫愁的委屈、羞愧一下释放出来，放声大哭。

“我不会放过他的！”老莫猛喝一口酒，狠狠地把杯子摔在了地上。

送走莫愁，老莫打电话给古文和李亮，约他们到家里来。半小时后，两人先后进来。两人本想埋怨几句，埋怨老莫深夜召唤，但看老莫一脸的恼怒，就没好意思开玩笑。

“坐吧。”老莫招呼李亮和古文坐下。

“什么事啊？”李亮有些迫不及待。

“你们俩是我最好的哥们儿，公司和家里出了点事，想听听你们的意见。”

老莫把事情的原委给李亮和古文说了一下。李亮非常惊讶。古文虽然知道假票的事情，但对于莫愁做赵东升情人的事情也是诧异不已。

“哥俩儿不是外人，一件是家丑，一件是把柄，怎么处理？”

李亮和古文互相看了看，问老莫：“你想怎么办？”

“一是炒掉这个王八蛋；二是修理这个王八蛋，出出这口恶气！”老莫气呼呼地说。

“欺负到我们头上，真是活腻了，必须修理他！但要做得干净！”古文憎恨背叛和欺骗，尤其对玩弄女性深恶痛绝，于

是附和着老莫。

“赵东升既然有这心，手头上必然有证据，如果他向税局举报怎么办?”李亮说出了自己的担心。

“这个应该问题不大，账目可以调整，把假发票从原始凭证调出来销毁，计入预付账款，回头让莫愁慢慢把发票开过来就行。”古文说出了解决方法。

“稽查局局长是我一朋友，他会帮我压住的。”老莫作为城内巨富，人脉非常丰富。

“好，那我们就把这个王八蛋送进去!”李亮声音高了起来。

李亮作为资深律师，熟悉各种法律手段以及上不得台面的手段。三人密谈着，直到天亮。

第二天，古文交代李亚把发票销毁，并重新调整会计科目，同时通知莫愁把证据销毁，不留痕迹。一切办妥后，通知了老莫和李亮。

第三天，老莫约赵东升到办公室和他摊牌。

赵东升这几天有点儿心神不定，尤其是李亚发现假发票后，他觉得老莫几次看他的眼神都有些恶狠狠的，打莫愁电话她也从来不接。他晚上翻来覆去地想，感觉好像老莫应该知道了什么。他打开保险柜，拿出几张复印件和照片，放进了包里。

今天，老莫让他到董事长办公室谈话，他感觉有事情要发生，于是带着包忐忑不安地走了进来。

老莫直勾勾地看着赵东升，赵东升心里一慌，打个趔趄，差点儿摔倒。

“老赵，怎么了？身体不好吗?”老莫突然笑着问赵东升。

"没,没……"赵东升看着老莫的笑脸,心里松了一口气,他想也许自己想多了。

"你他妈好大的胆子,竟敢欺负到我妹妹头上!"突然老莫大声骂起来。

赵东升刚缓下的心又怦怦地跳了起来:"莫总,没,没……"

"你这个卑鄙阴险的小人,玩弄女人竟然玩到我妹妹身上!"老莫怒不可遏。

赵东升这时明白老莫已知道了所有真相,他反而没了对老莫的畏惧。他故作轻松地坐在老莫对面:"玩莫愁又怎样?要知道我可是财务总监,你很多把柄在我手里呢。哈哈,莫愁身材真好呀,技术也不错,哈哈哈!"

"你他妈真是个无耻之徒,下流!"老莫站起来想揍赵东升,刚站起却又坐了下去,强忍着心中怒火。

"滚!永远不要让我看见你!"

"哈哈,怕了吧?让我滚?没那么容易!给我一千万,否则告你偷税漏税,把莫愁的裸照发到网上。"赵东升从包里抽出一摞复印件和照片摔在了老莫桌上。

老莫拿起来一看是发票复印件和莫愁在床上的裸照,老莫强忍着冲上去揍他的冲动,"卑鄙,你这是诬陷敲诈!"

"我就是敲诈了,你能把我怎么样?"赵东升有些得意忘形,他认为自己有证据在手,老莫不能把他怎么样。

"三天之内把一千万现金交给我,不然你就等着税局查你吧,莫愁的裸照也会发到网上。别说上市了,你们兄妹都会身败名裂!"赵东升下了最后通牒。

赵东升说完这句话,只见李亮和古文从屏风后走出来,手里拿着摄像机，李亮对老莫说："搞定，你可以动手了。"

只见老莫猛地站起来，如猛虎一般冲向赵东升，狠狠地一拳打在赵东升脸上。赵东升根本反应不过来，一下倒在地上。老莫、李亮和古文围住赵东升一顿拳打脚踢。

十几分钟后，赵东升头破血流、鼻青脸肿，一瘸一拐地被赶出了公司。

三个中年人相视一笑，老莫说："亮仔，下面就看你的了！"

"你就等着看戏吧！这王八蛋很快就会进去。"李亮摇了摇手中的摄像机。

原来，那晚三人已商量过，判断如果老莫和赵东升翻脸，赵东升必然拿把柄来要挟甚至敲诈勒索。如果有了他敲诈勒索的证据，就起诉他，把他送进监狱。

今天老莫被赵东升羞辱而迟迟不动手，就是为了录下赵东升敲诈勒索的证据。果然，赵东升轻视了老莫的手段，既被录了证据，又被胖揍了一顿！

两天后，赵东升的腿略有好转，他难耐心中这口恶气，准备去税局举报，走到楼下，迎面走来几个警察："你是赵东升吗？你涉嫌敲诈勒索，跟我们走一趟吧！"

李亮动用了自己的关系，加之证据确凿，很快赵东升被以敲诈勒索罪判刑，因为数额巨大，被判了八年。

赵东升被赶出公司，古文推荐李亚出任财务总监，老莫没有异议，李亚走马上任。

第七章

随风潜入夜　爱情细无声

※

经过几个月的内部整理和规范，古文认为邀请投行洽谈的时机成熟了。于是，他向几家相熟的国际投行发出了邀请，包括DM、XM、GS、MGL、DY以及YC。几家投行对睿富这个项目非常感兴趣，表示要尽快接触。古文考虑到效率问题，准备集中洽谈，协调几家投行的时间后，约在月底的三天到公司洽谈。

还有一周多的时间，古文终于可以放松一下，他约了乔安晚上一起吃饭。快下班时，李亚来到古文办公室。

“古总，谢谢你推荐我做财务总监。为了表示感谢，晚上请你吃饭，不许拒绝哦！”李亚俏皮地说着，还轻轻地摇着食指。

古文看着眼前成熟又不失俏丽的李亚，抱歉地说：“实在对不起，我今天约了乔安一起吃饭。”

“拿安姐做挡箭牌不是？我打安姐电话问问啊。”李亚已经和乔安成了很好的闺蜜，她假装要打电话给乔安。

“真的！要不你和我们一起？”

“算了，我才不去当电灯泡呢！唉，我真的嫉妒安姐……”李亚有些羡慕地说，“我什么时候能找一个像你一样的男朋友就好了。”说完，李亚羞红了脸，自知失语的她转身快步离开。

“这个李亚……”古文摇摇头，收拾东西下班，去接乔安。

CBD（中央商务区）是由日本设计师设计的新城，聚集了大量的金融机构和实力非凡的企业，是中原地区最具活力的区域。

CBD核心区是个环形设计，分为内环和外环，环中是个如意形状的人造湖，名为如意湖。湖水清澈，红鲤潜游，映着落日余晖，好一幅绝妙的景色。这里成了市民晚上和周末休闲的好去处。在湖泊旁边，是新城最具有地标意义的千玺广场，高达280米，因为形似玉米造型，被市民戏称为“玉米楼”。玉米楼内汇聚了各大品牌的奢侈品以及各国美食。

今天古文和乔安就约在玉米楼下的Paulaner（普拉那）餐厅吃饭。Paulaner餐厅是家德国餐厅，秉承巴伐利亚文化和风情，经营德国的黑啤和美食，布局优雅，再配上德国乐队的驻唱演出，成为情侣约会的绝妙去处。

古文点了店里最负盛名的烤鸡、沙拉等，又要了两杯黑啤。习习晚风中，望着眼前微波荡漾的湖面，欣赏着乐队抒情演唱，品尝着美酒美食，古文和乔安心情非常愉悦。

“来，尝尝烤鸡的味道。”古文给乔安夹了一块鸡肉。

“我要减肥，晚餐不吃肉。”乔安看着美食，想吃却又嘴里拒绝着。

“减什么肥呀？你都快瘦成一道闪电了！”古文打趣道。

“我就是要瘦成一道闪电。如果不瘦成一道闪电怎么让前任后悔？怎么让暗恋我的人开口？又怎么让你骄傲？”乔安俏皮地笑着。

“呵呵，可惜呀，你的前任、暗恋者、现任都是我。”古文得意扬扬。

“你说，你们男人到底喜欢苗条的还是丰满的？”乔安开始坏坏地下套。

“当然是丰满的！有肉感……哦，不不，我就喜欢你这样的。”古文突然意识到乔安是在给他下套，赶紧改口。

“哼，言不由衷。罚你吃一块肉，让你长成一个大胖子。”乔安喂了古文一块肉。

“哈哈。”古文开心地笑了。和乔安在一起，两人总是这么轻松，这么愉悦，像是热恋中的小年轻。

晚餐结束，两人围着湖畔，沿着木栈道悠闲地散步。突然，乔安发现前边不远处有两个熟悉的身影。

“快看，前边是不是……”乔安有些吃惊又有些惊喜。

古文仔细看看，是老莫和肖梅！肖梅挽着老莫也在湖边散步。

乔安和肖梅这时已经成了闺蜜，她有些兴奋，想过去打招呼，被古文拉住了。

“别打扰他们，我们走吧。”

古文和乔安绕道而行，把难得的轻松留给了老莫和肖梅。

老莫作为城中富豪，多年来却一直未婚。身边有过几个女朋友,但都未谈婚论嫁,令人费解。

有人说那些女人贪图的是老莫的财富,有人说老莫是不婚主义者,也有人说老莫是个花花公子。

然而,谁又真正知道老莫的内心呢?

老莫并不是别人眼中的老莫。他之所以不婚,是因为他想给爱人一个确定的未来。但是以前,他的事业和财富因为高志尚的原因,存在很大的不确定性。也许高志尚随时会把他换掉,他会从别人眼中的巨富一下沦为普通人。他不希望未来的爱人和家庭因此受到影响,所以一直未婚。

处理完高志尚和柳阿姨的后事后,老莫情绪非常低落,心情异常忧郁。而这时肖梅给了老莫很大的安慰。

肖梅作为一位前跨国公司高管,作为一位成熟的女性,有着很高的情商。她看到了老莫的痛苦和忧郁,适时地走近了老莫。老莫需要安静时,肖梅静静地陪着,用女性的温柔给老莫带来心理的静谧;老莫需要倾诉时,肖梅静静地听着,用女性的包容化解老莫心灵的郁结;老莫需要意见时,肖梅静静地分析,用女性的理性开导老莫内心的惶恐。

肖梅的走近,让老莫很快走出了惶恐和不安,肖梅也慢慢地走进了老莫的内心。

老莫认为一切都是上帝的安排,都是最好的安排。

于是,老莫接受了肖梅的感情,两人悄悄地开始了交往。但两人还是有意隐藏,不想太早张扬。没想到今天,却被古文和乔安撞见了。

投行暗角力 酒中逢知己

※

和投行约定的时间到了。DM、XM、GS、MGL、DY以及YC都如约而至。

古文深知选择投行的重要性，有实力的投行犹如西行路上的孙悟空，神通广大，可以为发行人包打一切。所以，古文做足了准备，无论是接待的酒店还是会议的流程，无论是参与的人员还是沟通的内容以及会后的安排，都妥帖周全。

几家投行都被安排住进玉米楼的JW万豪酒店。早餐后，公司的几辆法拉利把他们接到公司会议室，尽显公司的实力和对客人的尊重。

老莫、古文、张东海、肖梅、李亚早已正装以待，欢迎资本市场上这些能够呼风唤雨的大佬的到来。

几家投行和古文都比较熟悉，所以来的人对古文来说大都是老朋友：DM的杰斐瑞，XM的乔治，GS的德奎，MGL的尚德，DY的查理，以及YC的吴桑和他们的助理。这几个大佬虽然都是英文名，其实都是华人，不过有几位已是外籍身份。

“阿古，别来无恙。”杰斐瑞热情地和古文打招呼。

“好久不见，杰斐瑞。”两人拥抱了一下。

古文一一打过招呼，安排众人落座。因为都是大佬，为了避免厚此薄彼，今天安排的是圆桌会议。

古文作为主持人隆重介绍了各位投行人士，也一一介绍了公司高管。交换名片后，老莫做了热情洋溢的开场白：“杰斐瑞先生、乔治先生、德奎先生、尚德先生、查理先生、吴桑先生，我今天特别兴奋！我一直以来都非常喜欢看电影，尤其喜欢有关华尔街的电影，比如《华尔街》《开水房》《美国精神病人》《大而不倒》以及《华尔街之狼》等，对华尔街的投行以及投行人士钦佩不已，钦佩他们的纵横捭阖，钦佩他们的无所不能。我曾经幻想什么时候若能见见这些精英人士，那将是多么大的荣幸！没想到，就在今天，华尔街的顶尖投行能聚在睿富公司，让我结识，实在是我的荣幸、睿富公司的荣幸！

“各位的到来是睿富公司的一大幸事，也是一个里程碑！希望通过这次交流，各位能了解睿富，认可睿富，为睿富的上市出谋划策、保驾护航！希望大家能一脸笑容而来，满面春风而去。再次感谢你们的到来！”

大家被老莫谦虚幽默的讲话感染，热烈地鼓起掌来。

接下来，古文走向发言席，随着PPT（幻灯片）的播放，他一页页地介绍起来：公司概况、历史沿革、股权架构、商业模式、市场及竞争分析、团队介绍、财务规划与预期、发展战略规划、风险提示与防范、融资金额及投向……扎实的材料，翔实的数据，专业的知识，以及精心制作的PPT，通过古文之口娓娓道来，睿富公司的历史、现在和未来，精彩纷呈地如画面一般呈现在各位大佬面前。

“Perfect（完美）！”大佬们对睿富这个项目发出了由衷的赞叹。

项目介绍完毕，古文并未安排交流沟通的时间，而是安排大家在公司参观。奢华的展厅和豪华的名车交相辉映，让人目眩，几个助理不禁惊呼：一次见到如此多的豪车，太难得了！几位大佬虽然身价不菲，但看到展厅豪车云集，美女如云，也是兴奋不已。

趁客人看车之际，老莫悄悄问古文：“这几位大佬好像对我们不是太感兴趣呀！一个具体问题都没问。”

“老莫，别急。你没注意他们放光的眼神吗？他们一定会意识到这个项目的巨大前景和能获取的利益，只是不想在竞争对手面前暴露而已。你放心，今晚和明天，他们一定会约我们单独交流。”

“呵呵，都是老狐狸！”老莫心中有数了。

参观完毕，六家投行都婉拒了晚餐，表示要回酒店梳理业务、整理材料。老莫和古文没刻意挽留。送走客人，两人来到“苏韵”茶馆，慢慢地喝茶。6点整，古文的电话响起，是杰斐瑞。老莫和古文相视一笑。

“阿古呀，我想单独和你们见见，方便吗？”

“当然！”

半小时后，司机把杰斐瑞送到了“苏韵”。

杰斐瑞是DM中华区的董事总经理，是投行部的主要负责人，操盘过众多的中国企业境外上市。在来之前已详细分析过睿富公司以及国内外超豪华汽车市场，他认为睿富公司是个优秀的公司，超豪华汽车市场在中国也是极具成长性的市场，他很看好智能汽车的未来。今天经过古文的介绍和亲身经历，他更坚定了自己的判断。这个项目，他志在必得。

“莫总，古文安排喝茶一定是花茶，对吧?”杰斐瑞为人豪爽，情商极高，很善于在短短时间内与人熟络起来。这句话一下显示了自己和古文的熟悉程度，也让三个人的关系亲近了许多。

“改不掉了，要不你们换普洱?”古文笑了一下。

“莫总，你看阿古又在笑话我。”

原来，杰斐瑞早些年看好普洱茶的行情，和当红明星一起收藏了大批的普洱茶，结果普洱价格大跌，杰斐瑞有些小损失。其实杰斐瑞只是想通过一起投资，结识明星而已。这些小损失和由此带来的娱乐市场人脉相比，简直不值一提。

“哈哈，您是位高人!”老莫听完这段故事由衷地钦佩杰斐瑞。

“莫总，不要取笑我了，茶叶都送朋友了，损失惨重啊!”杰斐瑞表情夸张，三人大笑起来。

“咱言归正传吧，”杰斐瑞看气氛良好，便正色道，“我非常看好你们这个项目。如果睿富在香港IPO，它将会成为资本市场一个非常性感的题材。”

“性感?”老莫有些不解。

“哦，不是热辣的性感，是极具想象力和诱惑力的意思。”杰斐瑞解释。

“我们希望能做你们的投行业务。想必莫总也了解DM，我们有海外上市经验最丰富的团队，在香港和美国，乃至全球资本市场，都有着巨大的影响力，可以为睿富公司境外上市提供最专业的服务。更重要的是，我和古文是多年的好友，我们合作起来更有默契，这非常重要！”杰斐瑞重音放在“默契”上，同时看了一下老莫和古文。

古文默不作声，老莫心领神会。

送走杰斐瑞，古文又接到乔治的电话。在“苏韵”，乔治表达了同样的想法。第二天，查理、德奎、吴桑和尚德也都单独和老莫、古文沟通了。同时，几位助理也分别在公司做了初步尽调。

三天时间很快就过去了，六家投行对睿富公司都做了细致的尽调，也都表达了和睿富合作的愿望。有几大投行的背书，老莫非常满意，晚上安排了盛大的晚宴。

晚宴安排到“鲜”餐厅。“鲜”餐厅主营长江江鲜，老板家族世代为厨，厨艺出神入化。据说老板当年因为爱上一位中原女子，追随爱情而来开了这家私房餐厅。餐厅设计尽显江南风格，名家苏绣、玉雕、漆雕、紫砂随处可见。

菜一道道上来，清真鲥鱼、红烧河豚、刀鱼鱼生上桌，众人惊呼。鲥鱼、河豚、刀鱼号称“长江三鲜”，目前已极为少见。能一餐吃到三种极品江鲜，让这些投行精英食指大动，赞叹不已！

“日本人号称是鱼生的老饕，但这道刀鱼鱼生实在让人叹为观止！”YC的吴桑指着刀鱼惊呼。

刀鱼本来就小巧精致，一般是清蒸。但在这里被大厨片成了薄如蝉翼的鱼片，配上青芥，摆盘呈现出富贵牡丹的造型，色彩清雅，简直就是一幅艺术品，让人不忍下箸。

“这是我吃过的最好的清明后刀鱼！”GS的德奎伸出了大拇指，“吃刀鱼最好在清明前，清明前刀鱼肉质最嫩，清明后刀鱼肉质会变老，俗称老刀。这薄如蝉翼的鱼生避免了老刀的老，赋予了老刀的嫩，高，实在是高！”

“大家再尝尝这道清蒸鲥鱼！”古文招呼大家。

“鲥鱼鲜美，但刺太多了。”XM的乔治非常遗憾地摇摇头。

“张爱玲曾经讲过，人生有三大憾事：海棠无香，红楼未完，鲥鱼有刺。有时候遗憾也是一种美！有刺的鲥鱼是一种缺憾美。”

“好，说得好。没想到古文还是一个文艺青年，呵呵。”MGL的尚德哈哈大笑，众人也笑了起来。

“古文是个雅俗共赏的人，雅起来风花雪月，俗起来还是风花雪月！”DY的查理开起了古文的玩笑，大家乐成一团。

这时老莫看了看身边一直没说话的杰斐瑞，这一看不禁惊呼了一下。众人一看，原来杰斐瑞在吃一只大闸蟹。杰斐瑞犹如一位表匠，像装一块名表似的在料理大闸蟹。只见他先用剪刀剪开蟹腿两端，用蟹小腿捅出蟹大腿中的肉，然后把腿按蟹的造型摆入盘中。对蟹螯也如法炮制。打开蟹盖，放入姜汁吃尽蟹黄。把蟹身上的蟹腮和蟹心塞入蟹壳，最后放入蟹腿中间，一只完整的大闸蟹跃然盘中。杰斐瑞犹如完成一件作品，轻声说了一句：“完美！”

众人对杰斐瑞的细致、耐心、专注赞叹不已。老莫看了古文一眼，眼中露出对杰斐瑞的欣赏。

菜过五味，酒过三巡，气氛持续热烈，众人也逐渐兴奋起来，天南海北地聊着社会热点。酒桌上轻松随意，这是老莫和古文需要的，他们希望在轻松的环境中发现真性情的合作伙伴，寻找拥有共同价值观的合作伙伴。

“张宝老婆出轨是因为张宝的颜值配不上他老婆，校花下嫁土鳖，导致心有不甘，于是出轨了。所以，当一个男人有明显缺陷时，再多的金钱都是没用的。”吴桑调侃着张宝的外貌，和查理在议论近期沸沸扬扬的张宝老婆出轨事件。

“校花下嫁土鳖？别闹了，明明是影帝娶凡女好吧！”查理开着玩笑。

“张宝处理这件事情暴露了他的社会层次依然停留在农村水平。采用舆论的方式搞臭他老婆，让她永世不得翻身，但没有考虑孩子，这种事情受伤害最大的是孩子。这样做，让孩子今后怎么面对？”尚德为孩子感到惋惜。

“杰斐瑞，你怎么看这件事？”老莫端起一杯酒，和杰斐瑞干了一杯。

“娱乐圈我接触得比较多。圈内出轨劈腿的故事太多了，但为什么单单张宝事件闹得如此沸沸扬扬，如此人神共愤呢？主要原因在于：一、张宝是社会底层靠自身奋斗实现翻身的典型代表，他让那些想向上层流动的底层人士看到了希望和可能，因此他一旦受到伤害，将会使本就对阶层固化感到不满的人更加不满！二、爱人是他情感的寄托，经纪人是他事业的依靠，都是他最信赖的人，然而最信赖的人却合谋背叛了他！没有了感情可以离婚，不想合作了可以离开，但合谋、背叛甚至陷害践踏了人类的道德底线。这种事情如果得到纵容，人与人之间将再无信任可言，社会和谐、家庭稳定的基础将不复存在！三、我支持张宝的做法！张宝是个有态度的人，我也是一个有态度的人。多元的社会固然有多元的价值观，但更需要明辨是非、爱憎分明的态度！”杰斐瑞和张宝有过来往，对他的遭遇深感难过。

“做一个有态度的人，说得太好了！社会需要有态度的人！来，我敬你一杯！”老莫为杰斐瑞的鲜明态度感到敬佩，满上一杯先干为敬。杰斐瑞也豪爽地喝了满满一杯。

酒是个好东西。老祖宗留下的传统中，酒是不可或缺的部分。可以解忧，可以交友，可以尽在酒中，可以直抒胸臆。孤单独处时，酒是心灵的慰藉；热闹狂欢时，酒是信任的开始。

这场酒宾主尽欢，大家开怀畅饮，直至酩酊大醉，众人才尽兴而归。

第二天，投行人士分别告辞，临行前再次表达合作的愿望。送别客人，老莫和古文碰了个头，商量确定投行的事情。

“你觉得我们选择哪家投行比较好?”老莫问古文。经过几天的接触，其实老莫心中已经有了大致的想法，但他还是想听听古文的意见。

“这次来的六家投行都是国际上比较优秀的投行，无论他们的保荐能力还是市场影响力，都是数得着的。从这个角度看，选择哪一家区别并不大。”古文客观地分析，“不过，与任何机构的合作归根结底还是和具体人的合作，因此投行项目负责人的选择至关重要。选对投行是上市成功的基础，选对人才是上市的关键所在！”

“我们想到一起了！路线、方针一旦确定，人就成了关键。”老莫对此深有体会。

“那你觉得哪个人适合我们?”老莫又问。

“别卖关子了,咱俩一起说出他的名字吧。”古文相信自己和老莫有一致的选择。

“杰斐瑞!”两人同时说出同一个名字,然后哈哈大笑。

“知道吗?杰斐瑞吃蟹给了我很大的信心。一个男人能把蟹吃得如此精致,我确信他是一个对任何事都非常专注的人。另外,他是一个有态度的人,价值观和我们一致,所以我选择DM。”老莫解释他的理由。

“是的!我认识杰斐瑞很多年,他一直是我敬重的人,无论是能力还是为人。”古文并非附和老莫,也不是恭维杰斐瑞。在业务上,杰斐瑞确实帮助古文不少,古文由衷地感激杰斐瑞。

“好,那我们就选择DM和杰斐瑞吧!”

很快,睿富集团和DM签署了独家保荐人协议,由DM统筹睿富集团的IPO进程。

详细分析睿富集团的股权架构以及商业模式后,DM为睿富集团制定了精巧的红筹架构。

首先,老莫在维京群岛、开曼及香港注册离岸公司,然后以离岸公司的外资身份,返程全面收购实体企业睿富集团的股权,再以开曼的离岸公司作为主体,申请到香港联交所上市。

如何搭建上市公司境外机构呢?首先,为搭建上市主体睿富集团的境外架构,睿富集团的股东分别在维京群岛设立四个特殊目的公司(SPV)来持有上市主体睿富科技(开曼)100%股权。

上市主体睿富科技(开曼)通过再下设一层维京群岛特殊目的公司,来持有香港睿富国际100%股权。香港睿富国际返程收购睿富集团100%股权。

上述步骤完成后,即形成"境内基础投资人——基础投资人控制的维京群岛SPV——上市主体睿富科技(开曼)——维京群岛特殊目的公司——香港睿富国际"的境外结构。

睿富集团的股东在维京群岛搭建第一层境外机构的原因,在于维京群岛公司注册简单,操作成本低廉,并且有利于股东、董事的隐私保护,也方便大股东对上市公司的控制。

上市主体睿富科技设在开曼,符合香港联交所关于申请上市公司资格的规定,并且香港律师对开曼公司的上市运作较熟悉,上市获批时间较快。

上市主体与香港睿富国际之间再搭建一层维京群岛的特殊目的公司的意义在于,维持上市公司的稳定性,在内地公司具体经营发生变化或股权变动时起到缓冲作用。并且,特殊目的公司有利于业务模块化,不同业务间彼此独立,有利于资产的处理。

香港睿富国际收购睿富集团的原因在于,内地对香港的政策最为利好,根据内地与香港签订的系列《关于建立更紧密经贸关系的安排》文件,内地对香港的开放程度最大。

下一个步骤是,引入境外财务投资人,返程收购境内睿富集体股权,使其由内资企业转变为外商独资企业。融资及返程收购具体步骤以上市主体睿富科技(开曼)为合资平台,向境外PE定向增发股份。

同时,DM推荐并组建了整个中介团队。审计由PWC

(普华永道)担任,律所由德恒担任。

在其他中介机构的选聘上,古文尊重DM的意见。因为上市是个复杂的系统工程,它需要整个中介团队的有效沟通和积极配合。如果发行人自己选择其他中介机构,往往会给保荐人带来协调性和信任度的问题,这会大大延缓上市的进程。

整个上市费用包括审计费用380万元,律师费170万元,保荐承销费为募资金额的3%。

在DM的专业操办下,境外架构很快重组完成。会所和律所也开始进场工作,一切都在顺利地进行着。

现在,最为关键的是引进境外投资机构,用引进的资金完成收购境内睿富集团股权。古文和DM商量下来确定的方案是由境外上市主体睿富科技向投资机构发行可转债,完成收购后转为股份。方案制订完毕,投资者找得到吗?谁会做睿富的战略投资者呢?

第九章 名利刀剑过 富贵险中求

※

“小海，去张总办公室看看他在不在。”老莫打电话给司机小海，“他电话怎么没人接?”

“好的。”

老莫对近期市场拓展的进度比较关注，他想找张东海聊聊，了解一下江浙片区的市场情况。张东海平素风格干练，雷厉风行，在市场战略和拓展上颇有心得，有着良好的职业素养，工作时间从未有过不接电话的情况，所以老莫让小海去看看是什么情况。

小海到张东海办公室，轻轻敲了三次门，里面无人应答。他旋转门把手，门没锁。小海进到办公室，看到张东海的手机就在办公桌上。办公室套间内依稀有说话的声音。

他对着办公室套间轻喊:“张总在吗?”

张东海从里面走了出来，手里拿着另一部手机。

“有事吗? 小海。”张东海对老莫的司机比较客气。

“莫总找你商量事情，打你电话没接，就让我来找你。”

“好，我收拾一下马上过去。”

“好嘞。”

小海告辞，回老莫办公室复命。“莫总，张总刚在接个电话，他马上过来。”小海对老莫说，“不过，……”

“不过怎么了？”老莫拿一包烟砸小海，“赶紧说，别叽叽歪歪的像个娘们儿。”

小海接住烟开着玩笑：“张总今天神情落寞，似有哀怨……”

“滚！”老莫笑着把小海赶了出去。

张东海来到老莫办公室，两人坐在茶桌旁，边喝茶边聊工作。张东海把江浙片区的情况做了汇报，团队建设、渠道梳理、物流完善、市场拓展、品牌维护以及服务提升都做了详细汇报，老莫非常满意。

“东哥，咱军人做事就是不一样，有你把控业务，我很满意。谢谢你这么多年的付出，公司上市还仰仗你的付出，拜托了。”老莫对同是军人出身的张东海非常满意，多年来也是信任有加，在睿富上市的路上业绩为王，所以老莫需要张东海更多的付出和配合。

“莫总，您放心！”张东海挺直腰板，“我这块儿绝不掉链子！”

“好了，工作咱就先聊到这儿。今天没别的事，咱俩闲聊一会儿。”老莫想起小海刚才的话，他准备关心一下张东海。

“最近有什么麻烦吗？”老莫不喜欢绕弯子，就直接问张东海。

“没……没什么呀。”张东海有些猝不及防，他不知道为什么老莫突然这么问。

“我们一起工作这么多年，就像兄弟一样，有什么麻烦就尽管说，只要我能帮忙的就一定帮你搞定。”老莫财力雄厚，人脉颇深，也愿意为朋友两肋插刀。

张东海听完老莫的话，胸口起伏了几下，突然哭了出来。

“莫总救我……”

原来，张东海近期陷入了巨大的麻烦。

张东海是睿富成立时就和老莫一起工作的。同是军人出身的两人秉性相同，性格相投，所以多年来两人配合非常默契。张东海执掌睿富业务板块，这充分说明了老莫对他的信任。

张东海在睿富年薪加奖金基本上有百万之多，本已是金领阶层。但是，随着财富的增长，有人会变得越来越平和满足，有人会变得越来越不满足。社会的发展和进步源自这种不满足，但一个人过于激进和冒险，就会误入歧途。不幸的是，张东海就误入了歧途。

张东海多年来已攒下千万身家，但是因为工作关系接触的多是亿万身家的富豪，目睹这些人的奢华，本已财务自由的张东海心里渐渐不平衡。同时，他看着老莫当初和自己一样，不到十年的时间就已成为城中富豪，更是心有不甘。

他思考了很久，从年龄到财力，从人脉到机遇，他觉得他已失去了独立门户创业的最佳时机。若想快速实现阶层的再次突破，也许真的需要剑走偏锋，他深信“名利刀剑过，富贵险中求”。

于是，他想到一个客户，一个半年前购买了一辆法拉利的客户：熊平牛四。熊平牛四对外宣称自己的水准是：熊市保平，牛市四倍。所以被称为“熊平牛四”。不知道的还以为是个日本人。由于熊平牛四做的业务比较高端，客户群只维护在本市的顶端富人圈，所以在私募界虽然赫赫有名，但见过庐山真面目的不多。

熊平牛四曾经向张东海灌输过：马无夜草不肥，人无外财不富。他也曾颇为神秘地对张东海说：“我看你颇有外财命！”

于是，张东海决心闯荡股海，希望在股市也能大显身手，大展宏图。为了一战成功，张东海通过给一个朋友的公司做担保，让朋友公司从银行贷出来3000万，加上自己的1000万，共计4000万杀进股市。

张东海在浙江拓展业务时，认识了当地一家集团公司负责投资的总经理。得知睿富总部位于Z市，该总经理告诉张东海他们看好Z市的上市公司××股份，基于对公司长期价值的认可和未来发展的信心，他们已经在10元附近购进1亿股，耗资10亿元成为××股份的第三大股东。这虽都是公开信息，但总经理似乎还暗示张东海他们有借壳上市的可能。

所以，当张东海决心投资股市时，他第一个想到的就是××股份。当他打开交易软件看到股价还在10元左右震荡后，就决定全仓××股份。

他的买入逻辑是：敢在二级市场耗资10亿的，除了借壳似乎没有第二个可能。如果他和借壳方成本一样，赔钱的概率会很小，一旦借壳成功，翻倍收益便唾手可得。

于是，张东海在两天内把4000万资金全部买进了××股份。由于太过集中地买进，还引起了××股份股价的异动，第一天差一点涨停。

望着××股份红彤彤的表现，张东海想起了那句话：富贵险中求。似乎他再次实现阶层跳跃的愿望马上就会实现。

可惜，天不遂人愿。最期待的事情往往不会发生，最担心的事情恰恰如约而至。自从张东海买进××股份，股价就一蹶不振，在一年的时间内阴跌不止。跌到8元时，张东海告诉自己这是庄家在洗浮筹，一旦洗完浮筹，必定拉升。跌到6元时，张东海安慰自己股价像弹簧，压得越低，弹得越高。跌到4元时，张东海已心惊肉跳。

但贷款的还款日期已经来临，银行已在催张东海的朋友还款。朋友于是天天催张东海还钱。可是已折损大半的张东海哪里有钱还款？朋友告诉张东海，反正是你担保，钱也是你在用，如果还不上贷款，银行一定会执行你的房产和股票，到时候你将会身无分文。想想自己多年的奋斗最后会一把清零，张东海心急如焚又追悔莫及！

所以，近期的张东海有些魂不守舍，四处求人借钱，希望能把银行的钱先还上。如果股价能回本，他发誓再也不会炒股。

虽然张东海也算个有钱人，但大家知道他只是依附睿富的高级打工者，如果离开这个平台，他的偿债能力将大大下降。所以，当他向许多朋友开口借钱时，大多数人都闭门不见。

再有一个月，如果张东海还筹不到3000万，他的房子、车子和股票将被银行收走。

即使面对如此巨大的压力，张东海也没向老莫说过，因为他觉得这件事起源于他对老莫的嫉妒，如果有求于老莫，他会失去一个男人心里最后的尊严。所以老莫对此毫不知情，也毫无察觉。

但是，当今天老莫问起他有没有什么麻烦时，一股求生的欲望顿时超过了一个男人的尊严。他不想就此失去拥有的一切，害怕失去他的娇妻、他的爱女、他的车子、他的房子……

他知道依老莫的财力救他犹如探囊取物，老莫是他最后的希望，所以他哭着求老莫救他。

老莫听完张东海的哭诉，觉得有点好笑，又觉得不可思议。他觉得好笑是因为张东海竟然亏了这么多。虽然常听说在股市七赔两平一赚，但他认为依张东海的智商不至于亏掉这么多，所以他觉得好笑。他觉得不可思议是因为他不敢相信张东海竟然会借钱加三倍的杠杆去炒股。一向稳重的张东海赌性这么强?!

他看着对面的张东海，一丝不易觉察的笑容慢慢地变成了一丝不易觉察的寒意。

借给张东海3000万还银行，对于老莫来说并不是多大的事。老莫对于自己的得力助手从来都很慷慨，尽管这次资金有些大，但如果是正事，老莫也会毫不犹豫地出手相助。但是，他好像看到了张东海身上的可怕之处：那是一种内心深处的狠劲儿。这种狠劲儿犹如一支火把，积极奋斗时，会指引方向，带来光明；这种狠劲儿又如埋藏的一团地火，欲望汹涌时，会把自己燃为灰烬。

老莫站起来，走到张东海后面，拍拍张东海的肩膀。

"你先回去吧！我考虑一下。"

送走张东海，老莫坐在沙发里，点起一支雪茄。烟雾缭绕间，老莫陷入了沉思：帮还是不帮？怎么帮他呢？

毫无头绪之际，丁零零的电话声打断了老莫的思考。

老莫拿起手机一看来电，心里很是惊讶，世间真有这么巧的事儿？

"莫董，晚上老地方洗个桑拿吧？不见不散！"

"好呀，见面聊！"老莫挂了电话，整理了一下，一个人前去赴约。

隐于野

隐于市

※

第二天，下午快要下班时，老莫打电话给张东海，让他到办公室来。

“张总，记住××股份涨到10元时把所有股票抛掉。”

“谢谢莫董提醒，但是7月底就要还款了，股票涨到10元不知道要到什么时候了。”张东海还没有明白老莫的意思。

“你不要担心，老天爷会帮你的！”

“谢谢莫董，谢谢莫董！”张东海似乎明白了，忙不迭地给老莫鞠躬感谢。

“你什么都别问，什么都别说。只要记住在10块钱卖掉！如果不卖，一切后果自负！”老莫严厉地警告张东海。

“放心吧，莫董！如果解套，今生再不炒股，一心为莫董效劳！”张东海有些感激涕零。

“我又没说我要帮你！”老莫突然淡淡地说，“一切看你的造化，走吧。”

张东海出来时一头雾水，不知道老莫到底在唱哪出戏。但他觉得依老莫的身份，不会轻易地打诳语。那为什么又说不是他帮忙呢？张东海将信将疑、忐忑不安又满怀期望地回去了。

× ×股份跌到4元左右后，投资者损失惨重，不光散户，前几大股东也都全部套牢。买的不敢买，卖的不愿卖，所以近期一直微幅震荡，每天的交易量极为清淡，换手率只有百分之零点几，成交额不足800万。

6月27日，× ×股份依然如故，不咸不淡地交易着。估计电脑屏幕前的投资者一如既往地打着瞌睡，抑或一如既往地骂着娘，骂着这只一年来只跌不涨的奇葩。然而，在下午2点30分，巨大的买单蜂拥而入，瞬间把× ×股份打上涨停板！散户们惊愕之余，判断× ×股份应该是出了利好，于是纷纷出手追涨，一百多万手封单死死地封住了涨停！

6月28日，上午9点15分，集合竞价时× ×股份就被推上涨停。昨天的涨停加上今天的涨停，引来无数的追涨者，× ×股份再次被巨量封单封死涨停！连续两天的涨停引发市场的无数猜想，有传言说× ×股份半年报会大幅预增；又有传言说× ×股份在境外签署巨额订单；还有传言说软银看中× ×股份，欲成大股东……总之，越离谱越有人相信，封单越来越大直至收盘。

晚间，有网友在股吧发出一条消息：豪车经销商睿富集团欲借壳× ×股份！此消息一出，两家公司又同属一城，猜想瞬间燃爆。股吧已被此消息霸屏，热烈的讨论，疯狂的预测，意念中××股份明天已再次涨停。

6月29日，本月的最后一个交易日。股市开盘前，无数的股民都在盯着××股份。有人盼望着它不要再涨停，自己好买入；有人在懊恼，估计还是买不到。

就在散户们摩拳擦掌，准备涨停价参与集合竞价时，××股份竟被几千手压到了跌停板！

一时间，市场中各种猜测纷至沓来。有人懊恼昨天怎么没卖掉，有人后悔自己太贪心……基本上都确定这就是炒作，所有的利好传言都是谣言。同时，股吧中又有人发出一条信息：睿富集团早已确定美国上市，无意国内借壳。

于是，大量的卖单压上，大家又争相出逃。可是一个买单都没有，如何卖得出？市场中一片骂娘声。

然而，谁也没有想到，午后2点，巨量买单再次出现！这次出手更快、更狠！散户根本来不及反应，巨量的封单就被全部吃掉。××股份被从跌停板直接拉到涨停板！一个惊世骇俗的“地天板”出现了！

追涨者再次跟风，牢牢地把涨停板封到了收盘。

高手！高手！真正的高手！市场中散户在懊恼的同时，不得不承认××股份的操盘手确实是位高手，出手的时机以及对市场情绪的把控，都那么的精准。

周末，古文还没起床，就接到了李亮的电话。

“古哥，你们不去香港上市了？”李亮神秘地问。

“开什么玩笑！不去上市，我在这里干吗？”古文很纳闷为什么李亮这样问。

“哦，那可能是谣言？”

"什么谣言?"古文一头雾水。

看古文一无所知,李亮就把听到睿富准备借壳××股份的消息以及这几天××股份的反应告诉了古文。

古文听完,也颇为疑惑。但他还是告诉李亮不要相信。

"我又不炒股,有什么相信不相信的。只是觉得这么大的消息你们竟瞒着我,所以来兴师问罪,呵呵!"李亮开着玩笑,"周末了,我要去钓鱼了。拜拜!"

和李亮通完电话,古文有些清醒过来。

"难道……?"

他在房间里走来走去,思索着……

"要不你给莫总打个电话?"乔安端来一杯牛奶。

"不应该呀! 如果借壳,老莫应该会和我商量的,怎么……好吧,我打个电话给老莫。"

"古哥早!"电话里传来老莫的声音,"周末这么早找我必定有大事发生,呵呵。"

"莫总,我听说……"

"古哥,"老莫打断了古文,他早已猜到古文要说什么,"不要相信市场上的传言,你放心,睿富去香港上市的战略不会变。"

"好吧,有你这句话,我就放心了!"古文挂了电话,对乔安笑了笑,"但愿只是一个误会。"

老莫和古文通完电话,来到落地窗前,望着窗外。窗外不远处的湖面上,一群野鸭在悠闲地戏水。湖畔栈道上有人在晨跑。老莫每有想不通的事情,都会静静地站在这里,静静地望着不远处的湖面,看那水波微兴,看那轻浪逐起。古人云:智者乐水,仁者乐山。老莫欣赏这片水时确实很愉悦,但他是仁者吗?

老莫自己有时候也分不清楚。就如前几天他接到请他桑拿电话后做出的决定,他真的不知道自己到底是为了解救张东海,还是帮助××股份董事长周总,抑或是为了大赚一笔。

如果只是为了赚一笔,似乎不必要这么冒险;如果只是为了解救张东海,似乎也不用这么麻烦;如果是为了帮助周总,涉嫌内幕交易也犯不着。

老莫接过电话后发生了什么?××股份的股价异动和老莫有关系吗?

那天约老莫桑拿的正是××股份的董事长周子兴。因为都是Z市商界名流,再加上性格相投,老莫和周子兴算是要好的朋友。接到周子兴电话,老莫很是惊讶。难道真有这么巧的事情发生?张东海股市折损××股份刚刚求解救,××股份董事长周子兴就有要事来商量?于是老莫毫不犹豫地就答应了。

多年来凡有要事商量,他们就去一家会所桑拿。按周子兴的说法就是:唯真兄弟才赤裸,是好哥们儿自坦诚。

其实,大家都心照不宣:桑拿是最安全的地方,赤条条的两人不必太担心留下什么把柄,这样才方便说些话、商量些事。

这是一家位于城西的私人会所。老板是煤老板出身,在前几年国有煤矿收购私营煤矿时,果断出手,套现了几个亿。

于是，包下城西这片荒山，打造成了一个山庄。说是山庄却不对大众开放，老板不缺钱，山庄主要用来交友建立人脉，所以基本上都是一些老板的朋友来消费。

周子兴和老莫先后来到山庄，和老板交代后，整个洗浴中心不再接客，只为老莫和周子兴开放。

“老莫，兄弟非常羡慕你呀！”周子兴披着浴巾，挺着肚子看着老莫说，“朋友中像你这样，人到中年还能保持这么好身材的真的不多了。也难怪你身边整天莺飞燕舞的，哈哈哈。”

“哪里，我哪有兴哥有魅力？”老莫指着周子兴的肚子，开起了玩笑，“你看你中部崛起，那才是实力的体现呢！”

“呵呵，中部崛起？真有你的，兄弟！”周子兴第一次听说啤酒肚被称为“中部崛起”，感觉有趣。

“下次开中部崛起研讨会，你可以这样解读一下，保管你名声大噪，××股份也会一飞冲天！”老莫继续逗着闷子。

“拉倒吧！还一飞冲天呢，我都快烦死了！”

“你一堂堂上市公司董事长有什么烦的？”

“唉！兄弟你是不知道我的苦哟！”

于是，周子兴给老莫诉起了苦。

××股份属于上市较早的地方国企。多年来，在股市通过非公开发行引入投资者以及大股东不断的减持，××股份早已变为无实际控制人的上市公司。但高管团队基本还是由原集团公司的人来担任。集团公司多年来通过关联交易转移了大量利润到集团公司。但由于无实际控制人，小股东无法发现和识别关联交易的公允性，所以在市场上倒也没有多少异议。然而，从去年年中开始，一家位于杭州的集团公司通过一有限合伙企业，开始在二级市场慢慢买入××股份。董事会一开始并没太在意，只是把他当作普通的投资者。然而，一个月后，这家有限合伙企业竟然持股超过5%，举牌了（意指收购，具体是指投资人在证券市场的二级市场上收购的流通股份超过该股票总股本的5%或者5%的整倍数时，根据有关法规的规定，必须马上通知该上市公司、证券交易所和证券监督管理机构，在证券监督管理机构指定的报刊上进行公告，并且履行有关法律规定的义务）！两个月后，达到10%，再次举牌！此时，他们已成为第二大股东，和集团公司的持股比例只有5%的距离。虽然公告申明他们只是财务投资，并无意谋取控制权，但来势汹汹已如司马昭之心，众人皆知。××股份董事会此时方如梦初醒，意识到事态已然严重。为保证集团公司的长期利益，股权大战一触即发！在争夺公司控制权的方式上，有两条路可以选择。一是集团公司也在二级市场增持，拉大双方持股比例，确保公司的控制力。同时因为股价的上升也会增加对方持续买入的成本。二是通过修改章程，设置外来投资者进入董事会的门槛。但不知为何，××股份并未采用这两种方式，而是采用了现在看来极为愚蠢的方式。

因为这家投资机构买入两亿股后，把股票做了质押回购业务，换取资金意图再次增持。于是有人出主意：通过不断地打压股价，使股价下行，只要股价下跌至预警线，对方就必须现金补仓或提前回购解除质押。对方没有了资金储备，无法继续增持，那么××股份就会高枕无忧！

于是，××股份使出三个大招。

一、通过关联交易转移利润，大肆做亏，年报业绩预告亏损创下历史最高。

二、发布公告，集团公司在六个月内将巨额减持。

三、在市场散布各种利空消息。

这三板斧抡下去，市场中风声鹤唳，股价应声而跌！

然而，董事会漠视了市场的连锁反应以及恐慌情绪的蔓延，竞相抛售的结果，使得股价如黄河泛滥一发而不可收拾。

股价不但跌破了这家投资机构的预警线，逼迫其提前进行了回购，股价竟然也跌破了集团公司质押回购业务的预警线，逼迫集团公司不得不进行现金补仓。

不但搞得股民损失惨重，也让几个大股东狼狈不堪。

张东海就是在这个阶段被严重套牢的。

听了周子兴的一番话，老莫终于明白为什么张东海会亏那么多钱，也明白了周子兴今天约他的目的。

“兴哥，咱兄弟一家人不说两家话，你今天约我，有什么话尽管说，只要老莫我能帮上的一定帮！”老莫对朋友一贯豪爽。

“我就知道兄弟你一定不会袖手旁观！”周子兴拍了一下老莫的肩膀，“不过，你这次帮我，我非但不会让兄弟吃亏，还一定会让你大赚一笔！”

“怎么做？”老莫问。

“需要你准备2亿的资金买入××股份。”周子兴环视了一下洗浴大厅，再次确定无人后轻声对老莫说，“你不用担心，一切我已经安排好，现在只差你这2亿资金的东风。”

由于股价大跌，集团公司和杭州投资机构均元气大伤。双方明白，再争下去只会两败俱伤。

于是双方开始密谈，商讨和解方案。都是生意人，只要能找到共同利益，敌人也会变朋友。现如今双方的共同利益无疑就是股价回升，双方共赢。经过双方勾兑，杭州方同意放弃谋取上市公司控制权，只做一个财务投资人，同时承诺两年内不减持。投桃报李，××股份承诺将做好市值管理，两年内分红及股票溢价年化收益不低于25%。

因为双方均已无资金再投入，那么拉升股价以及概念炒作就需另找他人。作为周子兴好友又财力雄厚的老莫就成了首选。

“兴哥，你今天找我是让我帮你拉升股价啊？这风险也太大了吧！”老莫听完周子兴的话后问他。

“事儿是这么个事儿，但你真的不会有风险。”周子兴开始帮老莫分析，“一、经过一年的恐慌性抛售，股价现在已足够低。二、持有者都已严重套牢，惜售比较普遍。三、我们通过关联交易，可在下半年大幅提升××股份的利润率。四、我们会适时启动回购，以提升市场信心。”

“还有，这不是典型的内幕交易、操纵股价吗？”老莫还是有些担心。

“被发现了，才叫内幕交易！这次合作只有咱俩知道，绝不会走漏风声。”周子兴平静地安慰老莫，“还有，你知道吗？操纵股价还有一个专业术语，叫作市值管理（上市公司基于公司市值信号，综合运用多种科学、合规的价值经营方式和手段，以达到公司价值创造最大化、价值实现最优化的一种战略管理行为）！这可是合规的哟。”

“我操！”老莫听完，忍不住骂了一句脏话后笑了，“反正你们这些人怎么说怎么有道理。”

“真的，莫总，你仔细考虑一下。我们只是因为手头没有了现金，如果有现金，此等稳赚不赔的好事绝不会假手他人，”周子兴拍着胸脯保证，“这次交易，你投入2亿，确保你退出时获利4亿！”

虽然周子兴表现得很淡定，但老莫还是从周子兴眼中看出了焦虑和期待。他知道周子兴如果不是到了万不得已的地步，绝不会把如此机密的事情全盘告知。既然告知了，就一定希望他能出手相助。不然，这个方案将不能再实施。那样，周子兴将会面临更大的压力。

老莫看着周子兴，脑海里又想到了张东海，想到了张东海在××股份上的亏损，他实在不忍心张东海跟了自己这么多年，最后却变得一无所有。

如果出手相助，不但帮了周子兴，又解救了张东海，同时，自己还会获利丰厚。一石三鸟，这事应该做！

但是，老莫从没做过股票投资，更不懂如何操作这么大资金的投入。他想到了古文，也许古文比较适合操盘。但又觉得古文可能不会接受这种内幕交易。一时还真找不到谁来做这件事。

“兴哥，你既然告诉了我全盘计划，我就不能不干！我答应你，”老莫下决心帮周子兴，“不过……”

“只要你答应帮忙，什么都好商量。”周子兴以为老莫会提其他要求。

“我没有人来操盘,怎么办?”

“呵呵,我以为什么事呢! 你不用担心,我有御用操盘手来帮你!”周子兴知道老莫从没做过股票,所以早就物色好了操盘手。

“谁?”老莫很好奇这个御用操盘手。

“熊平牛四!”周子兴缓缓地说出了这个名字。

“熊平牛四? 就是那个股神,号称熊市保平、牛市四倍的熊平牛四?”老莫很惊讶,因为他也在朋友间听说过这人。

“哈哈哈,你听说过他?“周子兴笑着问老莫。

“有所耳闻。听说他是个股神!”

“莫总,股市里没有神! 你看到的股神其实都是鬼!”周子兴认真地告诉老莫,“在台面上出尽风头的,都是提线木偶。幕后全是你我这样的人在控制,他们只是个工具而已。”

听周子兴这么一讲,老莫明白了。明白了为什么隔一段时间就会有一个股神在市场出现。

股市里没有神,只是做鬼做多了,就被当成了神。

“你比如说熊平牛四,外界传得神乎其神,其实他只是开面馆的。”

“开面馆的? 不会吧? 和想象中的私募高手不太一样啊。”

“真味面馆知道吗?”周子兴问老莫。

“就是商务路上的那家面馆吗? 它的老板看起来挺普通的,没想到竟隐藏这么深。”老莫不解地问。

“对,就是那家店。它的老板就是熊平牛四! 一般人都不会知道。”周子兴告诉老莫。

老莫听完，深觉好奇，说：“一会儿我们去吃面。”

“莫总，你只需去成立一个有限合伙企业，注入资金，开立好账户后交给我，其他的事情你就不用管了。”周子兴交代老莫。

“好的，不过我有两个要求。”

“你说。”

“一、7月25日前，股价必须拉到10元；二、我的资金年底前必须退出。”老莫提出了具体要求。

“年底前退出来没有问题，但为什么7月25日前要涨到10元呢？”周子兴不解。

“这个原因你就别问了，但必须做到。”老莫当然不会告诉周子兴张东海被套在10元，必须在7月底前还款的事情。

“好吧，我不问了。虽然有难度，但我相信熊平牛四能搞得定！”周子兴对熊平牛四的具体操盘水平还是有点儿信心的。

“一言为定。”老莫从水池中站起来。

“一言为定！”周子兴也站起来，伸手和老莫重重地击了个掌。

两人从会所出来，直奔真味面馆。

没错，老金就是江湖中传说的熊平牛四。开面馆只是老金的一个情怀。他怀念小时候妈妈的味道，想念曾经的农村生活，所以开了这家面馆。老金在6124行情初期在面馆结识了人称“小李广”的私募高手，因为亲眼见证小李广把工商银行拉涨停的壮举，遂拜入门下，潜心学习，终于在那波行情中斩获颇丰，不但实现财务自由，也积攒了名气。其低调的性格、敏锐的洞察力备受业内人士信赖，所以慢慢地被城中顶级富豪相中，成了他们的御用操盘手。顶级富豪的资源配合老金的过硬操盘水平，使老金的操盘业绩无往而不利，于是在小圈子里老金就成了熊平牛四。

老莫和周子兴来到真味面馆时，还未到饭点。老金坐在店外遮阳伞下，见两人到来，于是沏茶一壶。

“久仰大名。”老莫初次见面，热情寒暄。

“都是虚名。”老金给老莫倒了一杯茶。

“听说老兄曾为名模吕艳丽小姐解套，生生把她持仓的股票连续拉涨停，真是一场美谈。”老金的泡妞传奇老莫曾有耳闻，于是好奇地问了一下。

“年轻时都会做些荒唐事。”老金一脸平静，没有正面回答。

“我们见过吗?”老莫莫名其妙地问。

“我只记得来店里吃面的熟客，”老金给周子兴续茶一杯，“这位先生您喝茶。”

老莫看了周子兴一眼，使个眼色，两人告辞。

老金目送二人离开，想起过去，心中默想：年轻时真好。

回到车上，老莫对周子兴说：”小隐隐于野，大隐隐于市。此人靠谱！“

山水有

来日仍可期

※

××股份三个涨停板后，周末，××股份发布两条公告：一是未来6个月内将以不低于4元不高于12元的价格回购1亿股用于员工激励计划；二是提前到7月20日公布半年报。

由于回购利好消息刺激，7月1日开盘，××股份继续大涨。收盘时，股价已到6元附近。

此后的三周内，××股份缓步温和上行，直到7月20日发布半年报。半年报中赫然显示睿富集团设立的一家有限合伙企业已进入前十大流通股股东，持股2.5%！

市场中一个月前传出睿富集团借壳××股份的传言似乎得到印证。

于是，接下来连续三个涨停板，到7月25日，股价已破10元。

一段时间来，张东海每天都在盯着××股份的走势。××股份每一个涨停，张东海就对老莫的感激多一分。

在他心中，他认为××股份的涨停都是老莫为了解救他而不计成本买入的结果。当7月25日，股价突破10元时，他牢记老莫的叮嘱，毫不犹豫地卖出了所有股票。

卖完股票，张东海疯狂地跑到老莫办公室，抱住老莫号啕大哭！

“莫总，今生今世张东海愿生死相随……”张东海哭着感谢老莫的解救，并开始表示效忠。

“好了，好了！哭哭啼啼的哪还有个军人样！”老莫推开张东海，“回去吧，记住今后的人生道路上千万不要再冒险！”

目送张东海走出办公室，老莫接通了人力资源部的电话。

两天后，出乎所有人的意料，没有任何兆头，张东海辞职了。古文大吃一惊，前一段刚处理了财务总监，现在又失去了销售总监，这样已经严重影响了高管团队的稳定性。他觉得需要和老莫聊一聊。

来到老莫办公室，老莫正在电脑上看××股份的走势。看着××股份股价的节节上升，老莫心里感到非常满意。尤其对熊平牛四的操盘能力感到佩服，时间节点控制得这么精准！

“莫总，为什么张东海辞职了？”古哥问老莫。

“哦，他不是自己辞职的，是我让他辞职的！”老莫对古文说。

“什么原因呢？”古文大吃一惊。

“张东海工作能力强，有着非常强的市场拓展能力，也为公司的发展壮大做出了卓越的贡献。此人犹如三国之魏延，极具冒险精神。以前公司在高速成长阶段我们需要冒险精神，但是现在如果继续冒险将会给公司带来巨大的隐患。而张总的冒险精神会加大这种隐患。所以我认为张总到了该离开的时候了。”老莫给古文解释着，但对于张东海炒股巨亏的事儿只字未提。

“那他的工作谁来接手？高管频频更换不利于团队的稳定，也许还会对上市造成影响。”古文有些担忧。

“古哥，没事的。一、你知道的，我们的高管基本都是AB角，一个人的离职不会有什么实质影响。二、为了增加上市的筹码，我正在物色国际顶尖公司的高管来顶张东海的缺，把对上市不利的影响降到最低！”

“好吧。那没事了，我先回去了。”古文告辞。

“别急呀，古哥。你不想问问我关于××股份的事儿？”这件事儿事先没有和古文商量，老莫觉得蛮不好意思，也一直想和古文解释一下。

“莫总不想让我知道必定有原因，所以我一直就没问。”

其实，在××股份大涨期间，有无数朋友向古文打听睿富投资××股份的事情是否属实，以及是否真的会借壳。但古文一概不理。古文明白如果他回答“无可奉告”会被理解为默认；如果他回答“断无此事”可能就会打乱老莫的部署；当然，他更不能做肯定回答，因为他知道老莫绝不会借壳。但为什么老莫会投资××股份股票，古文好像也一直没想明白。不过，他倒挺佩服老莫，他没想到老莫会这么精准地把握了××股份的买进时点。

“不过,我还是很服你的水平的,节点把握得都那么精准!”古文对老莫说,“我仔细复盘了你买入的过程,不得不为你点赞。”

“哈哈哈!能不精准吗?……”老莫大笑后,还是生生地咽下了后面的话。

古文从老莫话里隐隐约约感觉到了一点什么,但装作没有一点察觉。

“古哥,获利已经这么多,你觉得我该怎么退出呢?”老莫问古文。

古文对老莫笑了笑,起身告辞。走到门口时,回头对老莫说:“把睿富进军智能汽车的消息放出去,××股份必定再次上涨。在上涨过程中卖掉吧!”

电话响起,老莫一看是周子兴的小号。

“莫总啊,股价已拉回大家都满意的价位,市场已被激活。我们准备卖出你的股票,但又怕这么大的量不太好出手。”

“告诉熊平牛四,睿富集团已着手进军智能汽车制造!”老莫看着古文的背影,对周子兴说。

“你他娘的真贼!”周子兴在电话里愣了三秒钟后,不得不说了一句粗话。

两个人都笑了。

古文走出老莫办公室,电话响起,古文一看是张东海。

“张总,你好。你的辞职太意外,都没来得及见一面。”古文虽然已经知道了张东海离职的原因,但还是装作不知道。

“哦，古总，晚上有空吗？我想找你单独聊聊。”张东海向古文发出邀请。

“好呀，也为你送送行。”古文应了下来，他也想听听张东海怎么说。

华灯初上，霓虹才亮，一日式小酒馆。张东海点了一桌的菜，碟碟碗碗的，看着都是那么精致简约。张东海给古文满上一杯清酒，自己也满上，然后两人一饮而尽。

“古哥，你知道吗？我一点儿也不记恨莫总，反而内心非常感激莫总。”张东海满眼都是感激，“他为了避免我的尴尬，没有直接劝我离职，而是让人力资源部劝我，这我都知道，他是不想让我俩十年的交情难堪。”

然后，他把他炒股失败，老莫出手相救的事儿讲给了古文。古文听完也颇为老莫的行为感动，但回想起老莫说的那句话“能不精准吗”，感觉事情并不会那么简单。

“古哥，我要离开Z市了。在走之前呢，有个事儿拜托你一下。”张东海从包里拿出来一把钥匙，一把银行保险柜的钥匙，“你知道，莫总一直没有成家，我想他结婚时我可能都不知道在哪里。所以，我准备了一份礼物存在了银行。如果莫总结婚，请提前几天帮我把结婚礼物送给莫总。这份礼物很特别，千万别忘了啊。”

“我一定不会忘记你的礼物，放心吧！”古文答应张东海。

“对了，要提前几天送给莫总啊。不然，他也许都会忘了我这个老朋友。”张东海再次叮嘱。

“一定！山水有相逢，来日仍可期，我们一定会再相见。”

两人把酒言欢，直至深夜。

第十二章 官银『白手套』智退小马总

※

一段时间来，杰斐瑞介绍了几家投资机构，古文也联络了一些投资机构。同时还要随时解决会所和律所提出的问题，这一周，古文忙得团团转。周末，古文想放松一下，刚想约李亮，李亮的电话就来了。

“道可道，非常道；名可名，非常名。”李亮依然用惯用的方式和古文打招呼。

“圣人之道，为而不争。亮仔来电，必有大事。”古文开起了玩笑。

“真有大事发生！有个大人物点名要见你和老莫。但老莫电话打不通，也不知道去哪儿风流去了。你晚上6点在公司等我，我接你去见大人物。”

“哪个大人物呀？……”古文还没说完，李亮已挂了电话。古文摇摇头，唉，想休息一下，看来又要泡汤了。

“快上车。”李亮的车疾速驶来。

“谁呀？让大律师这么上心？”

“好事儿！你得感谢我，我今天给你介绍一个财神爷。”李亮有些得意。

“哪里的财神爷？不会是首富吧？哈哈。”古文打着哈哈。

“具体是谁我也不知道，一会儿见了就知道了。蔡书记介绍的实力不会小。”

蔡书记是省内一位高级领导，他和李亮在省高院的老丈人是老友。所以，让李亮约老莫和古文见面，说要介绍一位投资人认识一下。

车子驶向郊外，沿着蜿蜒的小路来到一座农庄。农庄不算很大但非常精致，在夏日夕阳的照射下，一排排的瓜果长得生机盎然。绕过曲折的木质栈道，一片水塘映入眼前。水面上青翠的荷叶、粉红的荷花让人不禁想起那句流传千年的名句：接天莲叶无穷碧，映日荷花别样红。一群群锦鲤悠闲地游动在水底，穿梭在荷叶间。荷塘边一片青翠的毛竹环绕，笔直、修长，犹如名士又如君子。背靠翠竹，面对荷塘，一间别致的木屋显得静谧、安详。

古文和李亮来到木屋静待客人的到来。

时间不长，门外传来脚步声。古文和李亮站起身来，蔡书记已大步走进，身后紧跟一位年轻人。

“蔡书记好！”李亮赶紧打招呼。

“小李，你岳父最近好吧？”

“托您的福，爸爸身体不错。还让我向您问好呢！”

“我也好着呢。”蔡书记长者般地亲切。

李亮把古文介绍给蔡书记：“这是睿富公司的古文。”

"蔡书记好!"古文赶紧向蔡书记问好。

"小古,坐。"蔡书记示意大家坐下。

"这位年轻人是小马总,你们认识一下。"蔡书记看着旁边的年轻人介绍着。

古文和李亮仔细一看,可不是嘛!这位年轻人就是财经界红透半边天的小马总,著名"富二代"。

"古总好,李总好!非常感谢蔡伯把两位介绍给我,认识两位荣幸之至!以后还请多多关照。"小马总谦虚又有礼貌,让人舒服,根本不像网络上那般玩世不恭。喊蔡书记为蔡伯,又显示着和蔡书记不同寻常的关系。

"马总好!"古文和李亮也向小马总问好。

"我和老马相识已久。小马这几年一直在做股权投资,做得还算成功。他听说你们睿富要香港上市,所以想认识一下,看有没有机会投资。这不,就找到我喽。"蔡书记说明来意。

"不过,我只负责介绍你们认识,合作与否要看你们谈的情况。所以,不要有压力,今天只聊天不谈生意。"蔡书记认真地讲完,又环视了三个人一下。

"好,谢谢蔡伯介绍我们认识,我和古总再约时间,今天专心陪您吃饭。"小马总谦卑有礼,恭敬又尊重。

蔡书记六十四岁,还有一年就要退休。多年来,政务繁忙以至身体欠佳。临近退休,减少了工作,也听从保健医生的建议,颇注意养生,吃起了素食。所以,今天的晚餐全是素食。青翠的嫩黄瓜、红艳的圣女果、碧绿的丝瓜苗、斑斓的五彩椒四样凉菜,石磨豆腐、清蒸南瓜、地皮炒鸡蛋、粉蒸时蔬四样热菜,再加一份十全菌汤。所有食材均来自农庄,真正有机，真正绿色！现采现做，极度新鲜！菜虽全素，做法拙朴，但盛器脱俗，摆盘精致。想必大厨非同寻常！

“蔡伯，喝点酒吗？”小马总问。

“来点儿吧！”

小马总亲自打开带来的茅台，毕恭毕敬地给蔡书记倒上，又给古文和李亮满上。

知书达理、谦卑有礼、温文尔雅，这是传说中玩世不恭的“王子”吗？古文不解。

“茅台是好酒，但你们知道为什么机关招待喜欢用茅台吗？”蔡书记笑着问三位，三人没敢回答。

“因为当年爬雪山、过草地时，红军喝茅台酒御寒，拯救了大批的革命队伍，所以对茅台酒怀有感情，才把茅台列为招待用酒。”

哦，原来茅台还有这么一段革命故事。三人受教，和蔡书记干了一杯。

“蔡书记，听说您对养生颇有研究，传授一下呗，我回去好告诉我爸，让他也向您学习一下。”李亮找着话题问蔡书记。

“呵呵，老许嗜烟好酒，是该改改了。”蔡书记了解老许的爱好，“但也别太相信所谓的养生理论，总之一句话：迈开腿，管住嘴！”

“精辟呀！我一定传达给我爸。”李亮有些拍马屁。

“小古，你怎么看中医和西医？”蔡书记喝了一口菌汤，看似随意地问了一下古文。

“中医博大精深，”古文略加思索接着讲，“但现在有些观点哗众取宠，说西医是精准的现代科学，中医是虚幻的伪科学，甚至在一些西方学者口中中医都成了东方巫术。这是偏颇的，也是无知的。西医看到的是清晰的局部，中医看到的是统一的整体，这可能是对中西医最客观的表述。”

“哦，清晰的局部，统一的整体！唯物！辩证！”蔡书记非常满意古文的说法。

晚餐在轻松的氛围中愉快地结束了。三人目送蔡书记的专车驶离。

“太他妈素了！嘴里都淡出鸟来了！古文，咱换个地方再吃点儿吧。”小马总看车子走远，愤愤地嘟囔，一改刚才谦卑的态度。

古文和李亮对小马总前后判若两人的变化惊诧不已，借口天已晚，改天再约。

小马总的父亲老马是国内巨富，主营豪华酒店，在全国拥有80家豪华酒店，旗下3家上市公司，个人财富接近1000亿，可谓富可敌国。

曾经有个段子调侃老马的财富说：老马捡到了阿拉丁神灯，打开神灯。灯神从瓶中飘出，对老马说：“满足三个愿望，可以吧?”老马眼都没眨一下，说：“你说吧，我都满足你。”

小马总这几年一直做投资业务，倒也符合富二代一贯做法。据说，几家不错的公司看老马的面子或想结交老马也接受了他的投资。上市后，小马也获得了不错的收益。但投资界并没人真正把他当成业内人士。

小马总大费周折找到睿富，是想真正做投资吗？老莫和古文会接受这笔投资吗?

古文正和老莫聊昨晚与蔡书记、小马总见面的事情，电话响起。古文接听，原来是小马总，说要过来洽谈投资事宜。

"我们急需用钱完成境外对境内的重组，来的都是客，谈谈吧！"老莫对古文说。

古文反感小马总的前恭后倨，讨厌小马总的唯上媚权，总觉得毛头小子不靠谱！但没办法，老莫说了，也只有谈谈再说。

一小时后，前台小妹把小马总一行引进老莫办公室。小马总身着体恤，穿着短裤，脚蹬波鞋，一副玩世不恭的样子，大大咧咧走进来。身后两位美女，前凸后翘，火辣无比。但脸上网红气息一览无遗！最后一位是投资总监，戴副眼镜，拎一公文包，文质彬彬。

老莫、古文和几位打过招呼，众人围坐茶台。

"马总，古总已经和我谈过了，非常感谢你对睿富的认可，欢迎你来投资。"

"不用客气，我喜欢简单直接，咱直奔主题吧。商业模式、财务状况不用再介绍了，李冰都已了解过。"小马总指着投资总监说，"我想知道你们需要多少钱，我占多少股份。"

"我们这次重组需要2亿美金，以10倍PE计算，约占10%股份。"古文开出价码。

"金额没问题，估值太高！"

"马总，我能请教几个问题吗？"古文客气地问小马总。

"你问吧。"小马总漫不经心地翻着手机。

"第一，我们这次融资需要的是美元基金，不知道贵公司有没有海外基金？第二，如果有，我很关心基金投资人的背景,能不能简单介绍一下?"古文尤其关心第二个问题。曾经有家发行人在美上市时引进了一家投资基金,没想到基金的投资人有黑帮背景,结果被联邦调查局认定是洗黑钱,上市泡汤不说,还引来一场诉讼。

"嗯,我们的美元基金已经成立,募资已经完成,总规模5亿美金。投资人背景……"投资总监欲言又止。

"好了,你们几位先出去,我和莫总、古总单独谈谈。"小马总示意三个随从出去等候。

"在国内做生意,怎样才会顺风顺水?怎样才会赚大钱?"小马总等他们出去,神神秘秘地问,没等老莫、古文回答就接着说,"只有官场大人物在背后帮你,你才能顺风顺水,才能赚大钱!接受我的投资,将会有很多你们意想不到的大人物在幕后帮你们。"

老莫对此感受颇深,频频点头。古文却听得胆战心惊。

"不瞒两位,海外基金的投资人有多位高官,包括你们省内!"小马总意味深长地看了一眼古文,"所以,接受我的投资,你们在国内扩张将无往不利!产业政策、银行信贷、政府扶持通通不是问题!"

"官银!?白手套!?"古文失口。

"呵呵,也可以这么说。"小马总并不在意。

"因此,我投资你们2亿美金必须要占30%股份!考虑一下吧,大人物们等着信儿呢。"

"这样估值太低了,能不能……"老莫试着讨价还价,却被古文打断。

"马总,要不缓我们几天考虑一下,再答复你?"古文对小马总说。

“对，我们再研究一下。”老莫有些明白古文的意思。

“好吧。尽快回复我，那可是2亿美金哦！”小马总有些得意。

送走小马总，老莫和古文回到办公室。

“他们的钱有问题吗？”老莫问。

“严格说来，每家基金对于它的投资人都会做背景调查。有劣迹或犯罪行为的一般都会非常谨慎，乃至拒绝。如果小马总所言不虚，他充当了官银的白手套，那他的钱我建议不要接受。官银看似能让你结交权贵，给予你帮助，但它也会给你带来巨大的隐患。还记得徐某这位白手套的结局吗？”

“哦，听说过。可是如果不出事的话，这可是进入名流权贵圈的绝好机会呀！”

“你期待的事情往往会落空，你担心的事情往往会发生。出事是大概率事件。再说，进入权贵圈又如何？你只是权贵的棋子而已，你并不会因此成为权贵。”

“道理我懂，可是……”老莫还在犹豫。

“现在不是犹豫要不要接受他投资的时候，老莫你现在应该考虑的是如何拒绝他，让他体面地退出。否则，他会给我们带来麻烦！”古文做事谨慎，不想留有隐患，所以有些着急，“要知道，小马总是蔡书记介绍过来的，蔡书记会不会是其中一个投资人？如果是，一个蔡书记就足以给我们致命一击，何况他背后还有更大的权贵！”

“接受他的投资，将来会有隐患；不接受他的投资，现在可能就会有麻烦。这他妈怎么办？”老莫也觉得两难。

“办法倒是有，抓紧找到投资人，签署框架协议，协议中一般都有排他性条款。这样可以让他体面地退出。”古文给出了建议。

“这不是根除的办法。你想想如果他找领导施压，那些条款又有多大意义呢？”

“也对！这些人什么时候尊重过契约？”

“请神容易送神难呀。这是谁请的神呀？”老莫有些不满。

“李亮也不知道他的背景来路，再说蔡书记约的，我们能不见吗？不能埋怨他。”古文替李亮解释道。

“噢，我哪儿会埋怨大律师呢？别多想！”老莫也觉得话说得不合适，也怕古文多心，赶紧解释。

“小马总会不会是扯虎皮拉大旗呢？”古文突然有些怀疑，“也许蔡书记不是那种人呢？”

那天吃饭时，古文仔细端详过蔡书记，感觉蔡书记颇有佛像：大耳低垂，眉毛柔长。古文隐约感觉蔡书记一身正气，并不像巨奸之人。庙堂之上皆正气凛然，但谁又能了解他的江湖之远呢？

“也有这种可能！我们暂不要对小马总表什么态，采用‘拖’字诀。另外，抓紧推进融资工作，速战速决，免得节外生枝。”

“好，杰斐瑞介绍了RRK下周来看我们这个项目，他们比较有兴趣。”

“那就争取搞定吧！只要价格不是低得太离谱。”

RRK是全球最成功的产业并购以及私募股权投资机构之一。RRK投资目标企业的主要条件是：

1. 具有比较强且稳定的现金流产生能力。

2. 企业经营管理层在企业经营管理岗位的工作年限较长(10年以上),经验丰富。

3. 具有较大的成本下降、提高经营利润的潜力空间和能力。

4. 企业债务比例低。

睿富公司超强的现金流以及极低的负债率深受RRK青睐,未来进入智能汽车的战略也符合他们的投资策略,所以当DM的杰斐瑞向他们推荐睿富时,他们明确表达了强烈的投资意向。

然而,小马总这个烫手山芋该如何推出去呢?

这天一早,小马总又来电话,询问睿富考虑得怎样了。老莫和古文回复仍需考虑一下。小马总颇为不悦,希望能尽快答复。

没想到的是,临近中午公司接到通知:蔡书记下午要来睿富公司调研。

老莫和古文非常吃惊。难道蔡书记真的是小马总背后的出资人之一?难道这是来给小马总背书、给睿富施压的吗?

两人简单商量了一下,只有先做好调研接待工作,再相机行事。

下午3点,蔡书记一行来到睿富公司。不同以往的是,来的人员只有五位,并没有市里领导的陪同。这让老莫和古文非常不解。要知道按照惯例,蔡书记调研企业,市委书记、市长等都要陪同。可是蔡书记这次来睿富调研只带了身边几个人随行。

老莫和古文等公司高管向蔡书记介绍了睿富公司的成长历程、现在的发展状态、未来的战略规划以及香港上市的进程。

蔡书记对睿富公司的发展态势非常满意，并表态支持睿富去香港上市进入国际资本市场。

随后，老莫和古文陪同蔡书记来到公司的旗舰展厅参观。蔡书记一边参观一边询问了解各款豪车的销售情况。来到一台法拉利展车前，蔡书记驻足很久。

“莫总，人都说马到成功，但我觉得‘马’到不一定成功！”蔡书记指着法拉利的“立马”车标，没头没脑地说了这么一句话。

老莫刚想说些什么，只见蔡书记已大步向前。

考察结束，老莫说：“感谢蔡书记光临指导，我们一定会牢记蔡书记的指示，把睿富公司做大做强，为省城的经济繁荣贡献力量！”

“很好！希望你们能记住我说的每一句话。”蔡书记意味深长地看了老莫和古文一眼。

送走蔡书记一行，老莫叫古文来到办公室。

“有情况！”两人异口同声地说了出来，然后哈哈大笑。

两人的阅历和经验早已看出蔡书记此次调研的目的：他不想让老莫和古文误会他是在帮小马总！尤其那句“马到也不一定成功”，更是表明了他的态度。

事实上，蔡书记为人正派，一身正气，两袖清风。之所以帮小马总牵线，主要是因为小马总的父亲。首富在省内有巨额的投资项目，为此结识了蔡书记。帮小马总牵线只是为了维护和老马的交情。但是，蔡书记深知小马总这只基金背后的巨大黑幕，他不想惹火上身，不想让老莫和古文误会，也不愿睿富有麻烦，所以安排了这次非正常调研，希望老莫和古文能领会他的想法。

世事洞明皆学问，人情练达即文章。在商场摸爬滚打多年的两人岂能不领会？

两人敬佩蔡书记的为人，更为蔡书记的良苦用心感动。

三日后，小马总再次来访，依然带着那两位网红美女。

“两位，不用再考虑了！其他人求我还来不及呢！”小马总有些不耐烦，跷着二郎腿。

“马总，我们非常感谢你对睿富公司的欣赏，也愿意和你合作。但非常抱歉，我们已经和其他投资机构签了框架协议，里面有严格的排他性条款，我们需要尊重契约精神，所以这次恐怕没有合作机会了，抱歉！”古文客气地拒绝。

“嗯？这么说你是在拒绝我喽！”

“抱歉！来日方长，日后有机会再合作。”

“嘿嘿，没想到呀，你们还真是给脸不要脸！我告诉你们，敢拒绝我的人还没有出生，等着狂风暴雨的到来吧！”小马总恼羞成怒，摔门而去。

老莫看着小马总扬长而去的背影，冷冷地笑了笑。

周五，省国税局一位副局长亲自带队来睿富公司进行税务稽查。副局长和老莫相识多年，悄悄地告诉老莫：这次稽查是某位领导打招呼进行的。

老莫知道这肯定是小马总通过关系在使阴招。

“好啊！想置我于死地呀，那就奉陪到底！”老莫狠狠地下了决心。

老莫安排古文配合这次税务稽查，然后，回到办公室悄悄地打了几个电话。

粉馆。在帝王一号被摧毁之后，粉馆成了省城最火的娱乐场所。102间豪华KTV包房，世界顶级音响效果。设计了六种主题艺术，102种空间格调。尤其是场内聚集了风月场所的各类美女，帝王一号转场过来的尤为众多。但据说帝王一号的头牌乐乐却并未到此。每日夜灯初上，繁华尽起，粉馆门前豪车云集，各类所谓成功人士在这里沉迷于奢靡之中，忘情于温柔之乡。粉馆于人是炫耀的资本，于己是享乐的天堂。

小马总恼怒老莫和古文的拒绝，更主要的是在大人物面前夸下了海口：会很快投资一家拟上市公司。老莫和古文的拒绝让小马总不得不再次推迟投资进度，这让他颜面扫地。于是，他通过京城一位大佬打招呼，要严查睿富公司的纳税状况，争取彻底搞掉睿富，以树立自己的影响力。他要在省城等到老莫求他的时候。

今天，小马总在粉馆接待他的一位朋友，此君号称“帝都四少”之一，与小马总有着相同的爱好——美女。

超大的奢侈包房内，八位美女身上只着一方薄纱，身体凸凹部位若隐若现，昏暗的霓虹下劲爆的音乐响起，她们如蛇般扭动着，百般诱惑，万种挑逗。小马总和四少左拥右抱，各有两位美女在服侍。

“太没劲了！玩个游戏吧！”小马总示意跪在面前忙碌的

美女。

"帅哥，不要太疯狂哦！我会受不了的。"美女娇声娇气发着嗲。

"尼玛想多了！"小马总鄙视地骂了一声。

"来来来，都过来，玩个游戏！"小马总站到了宽大的茶几上，手上拿着5万美金。

"等会儿，我把这些美金抛下，谁捡到就是谁的！"

"帅哥！你太豪了！"八位美女一通惊呼，以为遇到了人傻钱多的憨货。

"嘿嘿，有个条件，就是不能用手、不能用脚！听明白了吗?"小马总扬手一把接一把地扔出钞票。

灯光下，花花绿绿的美钞泛着诱人的色彩，纷纷扬扬地飘落。八位美女望着飘落的美钞，激动万分。无奈不能用手接，又不能用脚捡，一蹦一跳地试图用嘴接住，但无一成功。只能眼巴巴看着美钞一张张地落在地毯上。

情急之下，一个美女突然趴在地上，用嘴把美钞一张张地舔住吸了起来。其他人纷纷效仿。小马总和四少站在茶几上，居高临下望着这群美女，放肆地狂笑起来。

就在这些美女如狗般趴在地上疯狂舔钱、小马总在茶几上放肆狂笑时，包房的门被轻轻地推开，一位女子打着电话款款走了进来。这位女子上身一件紫色衬衣，下穿浅蓝色牛仔裤，丰满坚挺的胸部，修长笔直的美腿，飘逸出众的卷发，天使般的脸庞上一双明眸善睐的眼睛，在这浓妆艳抹的娱乐场所显得那么的清新，那么的脱俗。

"哦，对不起。我走错地方了。"女子看到房间里令人作呕的一幕，柔声说抱歉，悄然转身离去，就在转身时，对小马总回眸嫣然一笑。这一笑，犹如一股清流沁入小马总心田，又如一阵微风轻抚小马总的面庞。

“清水出芙蓉，天然去雕饰。回眸一笑百媚生，六宫粉黛无颜色。”混迹声色之中的小马总被这位女子飘逸清新的气质深深吸引，陶醉般地说出两句佳句。

“别酸了！赶紧去搞定她吧！”四少看出小马总的心思，催他赶紧去追那位女子。

小马总快步追了出去。

在地上趴着的几位美女悄悄嘀咕：那不是乐乐姐吗？

“嗨，你好！我是小马，请问我能认识你一下吗？”小马总追上这位女子，绅士范儿十足。

“当然，我是乐乐。”这位女子轻撩一下长发，回答得落落大方。

“能赏脸喝一杯吗？”

“这里太吵了！换个地方可以吗？”

“好！”

小马总一把握住乐乐的手，牵着乐乐就向外走。乐乐轻轻挣扎一下，也就随他了。会所走廊里，几位美女频频微笑点头打招呼。小马总以为是他的风采吸引了美女目光，其实不然。美女们是在向乐乐——这位曾经的帝王一号头牌行注目礼！

“回Y酒店。”坐上自己的宾利，小马总吩咐司机。

“我不喜欢Y，去喜来登吧。我喜欢那里的酒吧。”乐乐柔声拒绝了小马总家族控制的酒店。

“好，就去喜来登。只要你喜欢。”

喜来登星空酒吧，幽暗的灯光，舒缓的音乐，有人在这里放空心情，有人在这里妩媚诱惑。

小马总和乐乐面对面坐在一张吧桌旁，小马总天南地北、海阔天空地讲着各种名人八卦，乐乐十分好奇，被逗得非常开心。

几杯酒喝完，乐乐的脸已灿若桃花，眼神也变得迷离。

“今天晚上陪我一下吧？我不会亏待你的。”小马总看时机差不多了，抚摸着乐乐的手轻声问。

“你看错人了，我不是那种女人。”乐乐嘴里拒绝，眼神却在诱惑。

小马总刚想说些什么，吧桌下乐乐的脚轻轻地触碰了一下小马总的腿，并在他的大腿上轻轻滑动。魅惑的眼神，暧昧的撩拨，让见惯风月的小马总一时难以自持。

小马总被撩拨得精虫上脑，恨不得马上拿下乐乐。于是拉着乐乐快步走向电梯间。司机跟随小马总多年，了解他的喜好，早已给他开好总统套房。

一进房间，小马总便紧紧把乐乐推到墙上，在乐乐的脸上狂吻，一双手也在她坚挺的胸前来回游走。

一时间，房间内娇喘连连、呻吟不断。

“你去洗个澡吧，我在床上等你。”乐乐轻舔了一下小马总的耳朵。

“好，等着我，一会儿让你这个小妖精知道我的厉害！”

“我等你哟。”乐乐轻推一下小马总。

五分钟后，小马总从浴室出来，乐乐犹如一条美人鱼般躺在床上。洁白的床单，乌黑的长发，丰满的胸部，修长的美腿，婀娜的姿势，更是让小马总欲火难耐。

他疯狂地扑到床上，两人很快纠缠在一起。床上的乐乐媚功超人，花样纷出。小马总阅人无数，也是招数繁多。口中贪婪地索取，身下坚硬地进入。撞击，狠狠地撞击，是身体的碰撞，更是欲望的发泄；呻吟，欢快的呻吟，是生理的反应，更是心理的满足。

高潮退去，小马总心满意足。他拿出1万美金递给乐乐。乐乐莞尔一笑，欣然接受。然后从床头拿起自己的坤包，整理好衣服，翩然而去。

小马总在满足中昏昏睡去。

第二天中午，小马总醒来，正慵懒地躺在床上回味昨夜的疯狂，一阵电话铃声把他从回味中唤回。他拿起手机一看，原来是老莫的电话。

"嘿嘿，给脸不要脸，这会儿来求我了吧！"小马总暗想。

"喂，哪位呀？"小马总接通电话，装作不认识老莫。

"马总，你下午来我办公室一趟吧，有重要的事情想和你谈谈，不来你会后悔一生的。"老莫讲完，挂了电话。小马总想老莫应该知道了查税是他在幕后操纵，也许是让他过去谈谈条件，想要他放手。

于是，小马总带着随从趾高气扬地来到老莫办公室。

办公室内只有老莫一人。

"能单独谈谈吗？"老莫对小马总说。

小马总示意随从出去。几个人走出了办公室。

"马总，昨晚玩得开心吧？"老莫阴笑着，"这里有个小影片估计你有兴趣。"

说完，墙壁上的一块液晶屏上播放起一段视频。

小马总一看，惊慌失措。屏幕上两具白花花的肉体在床上纠缠，尤其小马总把头埋进乐乐腿间的镜头更是不堪入目。

“原来是你……”小马总终于明白昨晚的一夜风流都是老莫的安排。

小马总在税务上捅了睿富公司一刀，并想置老莫于死地，老莫不得不反击。老莫要让小马总知道他不是任人摆布的无名之辈，他要让小马总知难而退，不再和他作对。所以，老莫花重金请了曾经的帝王一号头牌乐乐，演出了这场剧目。乐乐在小马总洗澡时，把藏有微型摄录机的坤包放到了床头，录下了昨夜的一切。

“你说我要把这段激情动作片放到网上，会有多轰动？估计到那时，马总你的演技会被影迷津津乐道的。哈哈哈！没想到，你还好这口！”老莫指着小马总把头埋进乐乐腿间的镜头，哈哈大笑。

“你想怎样？开个条件吧！”小马总想想后果，不但会影响他的形象，更会给他父亲带来巨大的负面影响，这是他父亲绝对不能接受的！他沮丧万分。

“很简单。撤销税务稽查，不再干涉睿富公司任何事情！我们今后永远井水不犯河水。”

“好，一言为定！”

“君子一言，驷马难追！”

小马总点了点头。

“大家都是在生意场上，都不容易，需要互相理解和支持。明人不做暗事，你说呢？”

小马总转身黯然离去，老莫暗自得意。

阳光灿烂的日子，一切都恢复了往日的平静。

第十三章

大美藏五树

佛法显真谛

※

私募股权投资(PE)是指通过私募基金对非上市公司进行的权益性投资。在交易实施过程中,PE会附带考虑将来的退出机制,即通过公司首次公开发行股票(IPO)、兼并与收购(M&A)或管理层回购(MBO)等方式退出获利。简单地讲,PE投资就是PE投资者寻找优秀的高成长性的未上市公司,注资其中,获得一定比例的股份,推动公司发展、上市,此后通过转让股权获利。

私募股权融资不仅有投资期长、增加资本金等好处,还可能给企业带来管理、技术、市场和其他需要的专业技能。如果投资者是大型知名企业或著名金融机构,他们的名望和资源在企业未来上市时还有利于提高上市的股价、改善二级市场的表现。相对于波动大、难以预测的公开市场而言,股权投资资本市场是更稳定的融资来源。而在引进私募股权投资的过程中,可以对竞争者保密,因为信息披露仅限于投资者而不必像上市那样公之于众，这是非常重要的。

而RRK就是私募股权投资行业最成功的机构之一。精准的行业判断，高超的趋势把握，完美的退出机制以及对标的公司的巨大支撑使其在业内享有盛誉。

DM和RRK在很多项目上有合作。杰斐瑞把睿富公司介绍给RRK时，RRK非常重视也非常看好。所以他们的董事总经理冯坤亲自负责这个项目。冯坤是上海人，斯坦福金融博士毕业。从毕马威开始职业之路，在会所、基金、投行都有完美的履历，最后选择了最有挑战性的股权投资行业，担任RRK中国区董事总经理。

古文在圈内人脉丰富，但并不认识冯坤。为了尽快和冯坤熟识，古文亲自开车到机场接冯坤。

人群中，一位男士肤色白净、消瘦身材、西服笔挺、戴着一副金丝眼镜，优雅从容地缓步走出。古文看到这位男士，没有一点迟疑，断定这位男士就是冯坤。于是他迎了过去，“冯先生好！我是古文。”

“古总好！不好意思，麻烦你亲自接我。”冯坤非常客气。

“别客气，应该的。”

两人寒暄过后，古文开车一起返回公司。

“古总，有件事我很好奇，我们并未见过面，你怎么一下就认出我来了呢?”车上，冯坤问出了心中小小疑惑。

“哦，是这样，杰斐瑞大致给我介绍过你的情况。所以人群中走出这么有腔调的上海老克勒，我就断定是您喽！”古文一半认真一半玩笑。

“哈哈，你还知道老克勒这个词儿？侬系上海宁?”冯坤前半句讲普通话，后半句讲上海话。

"阿拉唔系上海宁。但我在上海工作过很多年。"古文前半句讲上海话,后半句讲普通话。

说完,两人略顿一下,然后大笑起来。

"老克勒",来自英语color的上海话音译,当然也有说是指carat一词,都是民间俗称,具体很难考证了。原指旧上海较早接受西方文化的一部分人,这部分人生活比较西化,受过非常良好的教育,很多出身背景不错,大多温文尔雅,彬彬有礼,不会很功利,非常讲究生活品质和情调,也比较怀旧。他们自己更倾向"克勒"这个词的意思来自class,意指"格调",在上海更多会用"腔调"一词,比较接近西方的绅士风度的意思。所以当古文看到冯坤的第一眼就想到了"老克勒"这个有腔调的词。也正如古文所判断,冯坤的形象、为人方式以及处事风格都颇有腔调,自己也一直以"老克勒"自居。因此,古文的一句"老克勒"大大地加深了冯坤的好感。

来到公司,老莫和古文陪冯坤一行参观了公司的整体状况,然后又在会客室做了一个小小的路演。

路演结束,冯坤安排随行的四位分别做财务、法务方面的初步尽调。而冯坤则主要和老莫与古文重点探讨了智能汽车行业的热点、难点和重点。他非常关注睿富公司募投项目的可行性、前景和未来。

冯坤所在的RRK通过研究发现,虽然智能汽车在不断取得进展,但可靠性和法律法规会成为这项技术的重要障碍。自动汽车驾驶系统的可靠性仍然需要较长时间的验证,比如大规模应用时,如何保证软件系统不受病毒感染,从而避免造成重大的交通事故。法律上,全球的法律系统都跟不上技术的发展步伐。比如美国仍然要求车辆在驾驶时必须完全处于驾驶员的控制之下。同时如果这类车辆发生事故，责任如何鉴定？是驾驶员的责任，还是应该由汽车厂商、软件提供商负责？相关法律问题得到解决之前，大规模的推广应用将不会实现。因此，虽然看好，但他们对智能汽车行业仍然保持谨慎的态度。

一周的时间，RRK完成了对睿富集团的初步尽调，对睿富的历史沿革、股权架构以及财务状况都有了清晰的了解。冯坤几天来频繁地接触老莫、古文以及整个高管团队，对睿富整个团队也是赞叹不已。冯坤尤其满意的是即使不考虑智能汽车项目，单单是汽车销售业务，睿富也值得投资。但投资的金额可能不会太大。

所以，临走前他单独约古文聊了聊。“古总，整个项目看下来还不错。但我们对智能汽车这个募投项目比较谨慎，因此呢，我会尽量推动投委会投资这个项目，但金额不会太大，4000万美金为上限。”

古文听完，心里颇为遗憾。他知道4000万美金根本完不成重组，境外上市公司收购境内公司股权需要2亿美金。难道还要再寻找其他的投资机构吗？时间恐怕有些来不及了！怎么办？古文心里快速地思考着。再和冯坤谈谈内保外贷？还是优先股？似乎又都不太合适。债权融资并不是古文的第一选择，股权融资才是古文最想要的。并不是因为债权融资有成本，而是大牌机构的股权投资对发行人有巨大的背书作用！这些大牌机构可以帮助睿富公司在资本市场呼风唤雨、纵横捭阖，从而使上市变得游刃有余，也会大大提高企业估值。

因此，古文准备再努力一下，争取让RRK完成2亿美金的投资。但他并没有显得那么急迫。

“冯总，非常感谢你的坦诚！我非常理解你的顾虑和谨慎。智能汽车目前确实有很大的不确定性，充电技术以及充电桩的布局乃至相关的交规和法律都需要完善，也需要很长的时间。但是，我一直坚信智能汽车一定是汽车产业的未来，因为智能汽车不仅仅解决智慧出行，更重要的，它将是构建智能社会的重要支撑！”

“在‘万物互联’时代，智能汽车不仅将成为物联网不可或缺的组成部分，更有可能成为电脑和手机之外的全新智能网联终端，其发展潜力难以估量。这毋庸置疑！提前一步是先驱，提前三步是先烈。我们想做的是先驱而不是先烈，毕竟我们要对我们的投资人负责。”冯坤对智能汽车也有深入的思考，他最大的顾忌是怕进入得太早。这也是股权投资机构最为保守的地方。

“嗯，我们对智能汽车的未来发展是一致的，一切就交给时间吧。”古文故意含糊地说。这让冯坤难以判断到底是对行业的判断，还是对合作的预期。

“佛说，万法缘生，皆系缘分！”冯坤也用佛法模糊回应。

“冯总也信佛？”古文好奇地问。

“多年的职场，纷纷扰扰，使人浮躁，很难静心思考，所以研读一些佛教经典，越深入越觉得高深。虽谈不上是佛教徒，但笃信佛法无边。”谈到佛教，冯坤一脸虔诚。

“那我要喊你一声师兄喽！”古文笑着说，“我也信佛，尤其藏传佛教。”

“是吗？我正准备下周休假去青海藏区走走看看呢！”冯坤说。说是休假，其实在每次决定投资某个项目前，冯坤都会到一个安静的地方去待一阵，静静地独立思考一下。冥想是佛教的一种修行方法，也是提升智慧、顿悟的最佳方式。

“太巧了！我也正好要去青海玉树见活佛呢！”古文非常惊讶。

“那一起喽，难得这么有缘分！”冯坤惊讶之余，脱口而出。话一出口，就觉得不妥：自己与拟投资对象一起出游难免被人说三道四。

古文看出冯坤的顾虑，于是虔诚地说：“这是佛祖的安排。”

一周后，古文和冯坤相约在西宁碰面。为避免两个男人旅途无趣，古文让财务总监李亚随行。冯坤也是这么考虑，让助理苏菲亚随行。结果，成了两男两女，实属无意却又略显暧昧。

四人登机，一小时后，来到了大美玉树。

玉树位于青藏高原腹地，三江源头，素有江河之源、名山之宗、牦牛之地、歌舞之乡和中华水塔之美誉，是历史上唐蕃古道重镇，藏语之意为遗址。

这是一片充满灵性的土地，每座高山、每条河流、每个湖泊，都被赋予神性。

这是一片充满故事的地方，每座寺院、每个遗址、每条经幡都充满虔诚。

洁净的天空、雪白的云朵，诉说着这里的空灵。蛮壮的牦牛、神奇的虫草，彰显着这里的富足。古老的喇嘛庙、神秘的藏传佛教，赋予了这里的传奇。

古文信奉藏传佛教，所以每年都会来玉树，因此对玉树颇为熟悉。这次，古文借了朋友的车，准备带冯坤以及两位女士自驾游。三天的行程古文已安排妥当，第一天参观文成公主庙和玛尼堆，第二天游玩勒巴沟，第三天拜见当地最为著名的仁波切，给冯坤加持。冯坤最为期待的就是拜见仁波切。

“文成公主庙坐落在距结古镇约25公里的贝纳沟，规模不大却格外灵巧，庙内供奉大日如来佛像。这座佛堂始建于

唐代，有1300多年历史，是唐蕃古道的重要文化遗存之一，是文成公主进藏时沿途留下的规模最为宏伟壮观而弥足珍贵的历史文化遗迹。”来到文成公主庙，古文模仿导游的语气和神态介绍起文成公主庙的状况，惟妙惟肖的样子逗得两位女士哈哈大笑。

“古总，请问你的导游费怎么收取？”李亚打趣道。

“三位施主都是有缘人，有缘人分文不取！”古文和李亚的一唱一和，让冯坤和苏菲亚在旁边乐得前仰后合。

冯坤站在庙前空地，向四处观望。附近的岩壁上刻有佛经、佛塔、六字真言，色彩鲜艳、五彩斑斓，透着神秘和庄严。峡谷两侧的山上拉满了红白色的经幡，在风中猎猎作响。一条小河从寺庙前流过，河水清澈蜿蜒。

四人进入庙中，殿正中的佛像高约7米，法相庄严，面目慈祥。像前挂满了哈达，四周点着酥油灯，摇曳的烛火更增加庙内的神秘感。

平素并不信奉佛教的李亚和苏菲亚，在如此庄严和神秘的寺庙内也虔诚地磕起了等身长头，心里默默地许下了愿望。

冯坤和古文顾虑在两位女下属心中的形象，没有磕等身长头，但也站在佛像前虔诚地鞠躬敬拜。

离开文成公主庙，四人驱车前往玛尼堆。

“导游，请问什么是玛尼堆?”在车上，苏菲亚俏皮地问起了古文。

“藏民把刻有经文的石头叫作玛尼，很多刻有经文的石头堆放在一起就叫玛尼堆。”

“那好像没什么看头吧。”苏菲亚有些失望。

“如果是几千年，藏民堆放的几十亿片玛尼堆呢?”古文的反问，一下激起了三人的兴趣。

“几十亿片？几千年?”冯坤有些震撼。

“是的，藏民的信仰就是这么虔诚。”

“那要好好看看了。”

嘉那玛尼石堆是世界上最大的玛尼堆。玛尼堆东西长283米，南北宽74米，高2.5米，据说已有20多亿块玛尼石，全

部玛尼石上刻的经文有近200亿字，可以称得上是“世界第一石刻图书馆”。

玛尼石大的有几米长，小的只有十几厘米，上面均镌刻着佛像或经文。最常见的是藏文六字真言。

在这亿万块玛尼石中，还有几万块刻有律法、天文、历法、著作和各种佛像的玛尼石精品。有的甚至将整套的佛经完整地刻在石头上，这些石头经书也被整齐地放在玛尼堆上。

这是一座文字堆成的山，更是藏民如山般的信仰！

四人来到玛尼堆时已近傍晚，但夕阳依然耀目，晚霞在天边燃烧，金色的光芒笼罩着这片玛尼堆。

李亚和苏菲亚兴奋地在里面拍照留念。古文和冯坤在仔细地欣赏各种石刻。

蓦然回首，冯坤看到了三五成群的藏民围着玛尼堆在一步一叩首地磕着等身长头。黝黑的皮肤、高原红的脸颊，甚至脏脏的藏袍都掩盖不住清澈的眼神和虔诚的目光。他们口中反复地念着六字真言,就那么磕着,磕着,一直磕着……

是在祈求佛祖的保佑还是感恩佛祖的庇护?没人知道。

天色渐晚,夕阳拉长了四人的身影。

勒巴沟位于通天河畔,是一条美丽的峡谷,藏语的意思就是美丽的沟。这里不仅有原生态的自然风光,更是藏族岩

画的艺术走廊。

勒巴沟入口有一座白塔,斑驳的白色墙面守候着已有1300多年历史的石刻艺术画廊,守候着灿烂的文化遗存。

来到勒巴沟,就进入了一片静谧的原生态领域。峡谷里涓涓细流蜿蜒而下,不知名的花花草草遍布山坡。抬头处,白云低垂在透彻的蓝天上;远望里,牦牛漫步在青青的草地。

勒巴沟入口一侧的岩石上遍布岩画,佛像、经文、六字真言精美绝伦。沿着清澈见底的勒巴河溯溪而上,随处可见形状各异的玛尼石。陡立的山崖上,清澈的溪流中,绿草掩映

的山坡上，只要是裸露的石面就有玛尼石刻，刀斧痕迹被岁月和流水侵蚀，年代不同，风格依旧，呈现虔诚的信仰，彰显着这片土地的神秘。

来勒巴沟游玩是古文的藏民朋友白玛安排的。藏民朋友在勒巴溪旁边的空旷之处支起了一座大大的帐篷，帐篷由藏布织成，饰有工艺精湛的吉祥八宝、五福捧寿、白云点狮、六道轮回等图案，帐篷四周拉起了五彩的彩带。在蓝天白云之下，在青山绿茵的旷野之中，在潺潺溪水之畔，显得别具情趣，又极富民族特色。

白玛给四人献上洁白的哈达，并准备了丰盛的藏餐：牦牛肉、酥油茶、糌粑等。白玛的两位女儿还欢快地唱起了藏歌，跳起了藏舞。李亚和苏菲亚受到感染，也和两位小朋友一起跳了起来。

古文、冯坤和白玛三人喝着青稞酒，欣赏着身旁的歌舞，远望着无边的美景，一切都已放下，思想都已放空。没有了职场，没有了功名，没有了利益，仿佛天地之间只剩下了自由——灵魂的自由。

第三天，古文和冯坤去拜访仁波切。李亚和苏菲亚觉得无趣，相约去集市购物。

这位尊贵的仁波切在藏族极具威望，在藏区有很大的影响力。仁波切已灵童转世数代，至此已十二世。在历史转世中，三次被皇帝册封，故又被称为大法王。

古文以前多次拜访过仁波切，并和仁波切结下了深厚的感情。故此，冯坤才有缘得以拜见仁波切。

仁波切的寺院位于市郊3公里处，依山而建，一百多间房屋，六百多位喇嘛。古文和冯坤来到寺院，一位小喇嘛引

两位来到仁波切室内。仁波切身形高大，身着尊贵黄褂，端坐在榻椅之上，面目慈祥。

古文和冯坤来到仁波切面前恭身叩见，仁波切给两位摸顶加持。

古文和仁波切说明来意：冯坤希望能和仁波切聊聊，以解心中困惑、开示智慧。仁波切不懂汉语，所以冯坤的话都由仁波切弟子翻译为藏语。仁波切微笑示意同意。

这时，一位喇嘛进屋，可能有事请示仁波切。只见喇嘛进屋就九十度躬身，曲起双腿，缓步走向仁波切。请示完毕又面向仁波切，缓步退行，直至到门口方转身离去。

冯坤以前也接触过活佛，但受到如此敬重的仁波切，冯坤还是第一次见。他知道这位仁波切才是真正的大德高僧。他向古文投去感谢的眼神，再次感谢古文的安排。

冯坤也九十度躬身，缓步来到仁波切榻椅前，跪坐在仁波切面前。

"尊贵的仁波切：弟子对仁波切仰慕已久，经古文介绍，今天有缘得见尊颜，实为有幸！"冯坤虔诚无比，"今日还请仁波切开示，使弟子福慧双修。"

"相见就是缘分，传授佛法也是修行。"仁波切弟子把仁波切的话翻译成了汉语。

"请问仁波切，在藏地传承的佛教，与别地的佛教相比，有什么区别吗？"冯坤问。

"说两者有区别的只看到了表象，而忽略了实质。佛法在藏地传承，由于自身的历史文化、自然环境和信众的生存条件、生活习俗不同，因此，在饮食起居、典章制度、塔殿佛像的造型风格、信仰习俗、信众的心理素质等众多方面形成了自己的特点。但是佛教都同样讲究受戒，发慈悲心，抑恶扬善，以正见破除三界烦恼，追求福慧双修，度化更多的众生，利于更多的众生。正所谓殊途同归，大道一统。”仁波切佛法高深，心中早已没有藩篱。

听此一言，冯坤大为敬重。显然，仁波切修行已入化境。

“请问仁波切，为什么藏民生后要天葬？”冯坤对天葬颇为不解。

“生是死的开始，死是生的开始，轮回之中肉体只是灵魂的承载。佛祖释迦牟尼修行时，曾以头目脑髓、肢节手足布施，舍身饲虎，割肉喂鹰。故，天葬是最后布施！”

冯坤曾经听说：藏人把死后升天作为今生最大的愿望，所以选择天葬台这个通向天堂的最近途径。今天听仁波切一席话，顿感这种说法甚是狭隘。布施、奉献才是天葬的真正意义所在。

“请问仁波切，为什么现在有很多假活佛在招摇撞骗？”冯坤虽觉不妥，还是问了出来。

“没有假活佛。活佛就是活佛，骗子就是骗子。”

仁波切的回答让冯坤顿感仁波切无上的智慧。

“请问仁波切，佛法分正法时代、像法时代、末法时代，区别在哪里？我们现在在哪个时代？”

“佛法法运一万两千年，正法一千年，像法一千年，末法一万年。正法时期，学佛、修行皆发出离心、发菩提心。这时期，修道证果者很多，大德高僧很多。众生善根福德深厚，功利思想非常淡薄，对一切善法易生出信解和信心。路不拾遗、夜不闭户是这个时期最好的诠释。

“像法时期，徒有形，无其实，出离心弱、菩提心淡。有人去寺院修行，只是觉得那里气氛很好，清净安详。有人尊敬佛弟子，只是觉得他们慈悲、宽厚。更多的是他希望在生命中能寻找个归宿、寄托或强而有力的保护者。末法时代，地球灵气枯竭，各种大道古经遗失，各种练气手法手段皆无所作为。这个时期人们全然没了出离心和菩提心。佛法分化严重，社会风气不好，信外道的人多于信正法的人。佛像、寺庙、佛经等开始变质。"仁波切耐心地回答冯坤。

"仁波切的开示，让我佛法精进不少，非常感谢。我想谈谈我的职业话题，不知道仁波切是否愿意赐教?"冯坤好不容易有佛缘得以拜见大法王，觉得机会难得，所以想聊聊职业方面的内容，希望能对今后的工作有所启迪。

仁波切再次微笑，示意继续。

"我职业是做投资业务，请问仁波切，您怎么看这个行业?"

"佛法分小乘和大乘，小乘讲究自渡，大乘注重渡人。投资是助人、成就别人，故属于渡人，功德无量。"仁波切的解读使冯坤大感意外，又颇为受用。他没想到自己从事的行业竟然是一种修行，一种功德。

"那么，做投资应该选择什么样的行业才能保证投资安全并取得收益?"冯坤觉得仁波切智慧超人，于是问得更为具体，希望仁波切能帮他寻找到适合的行业和项目。

"不同时代有不同选择。佛度众生有八万四千法门，但贴近生活、紧跟时代是投资的不二法门。每个时代有每个时代的明显代表。莲花生大师就曾在一千多年前说过：当铁鸟在天上飞，铁马在地上跑时，末法时代就要来临了。这证明飞机和汽车是这个时代最典型的代表。"

“铁马？汽车？……”冯坤刹那间犹如有一道亮光直入脑海！

他痴痴地望着尊贵的仁波切，膜拜不已。

就在一瞬间，冯坤顿悟了。

辞别仁波切，两人驾车回酒店。

“古总，谢谢你的安排。今日和仁波切见面受益匪浅。”冯坤向古文发自肺腑地表达谢意。在他心中已下定决心投资睿富公司，不仅是因为睿富良好的业绩表现，更主要的是他希望能紧跟智能汽车这个时代的风口，成就睿富造车的梦想。自渡、渡人的佛家内涵已根植内心。他相信仁波切所讲的“铁马”不是巧合，而是佛祖对他的开示。

这些想法他没有告诉古文，他需要的是尽快回上海，立项、上投委会，说服投委会成员尽快投资睿富。

第十四章
女中出传奇

商界有大亨

※

回到酒店，李亚和苏菲亚也满载而归，购买了佛珠、手串、藏饰、冬虫夏草等。

“我和苏菲亚明早就回上海，你和李小姐什么时候回？”冯坤希望尽快推动项目上会，所以急于回上海。

“那就一起走了，我们也没其他事情。”古文说。

“好。”

四人晚饭后，各自回房休息。凌晨2点，古文突然接到李亚电话。

“古总，我肚子疼，腹泻不止，早上恐怕没法走了。我们改签吧。”电话中传来李亚微弱的声音。

“严重不？要不我送你去医院吧。”古文关切地问。

“不用了，这么晚了。我明天休息一下就好了。”李亚急忙应着。

“那好吧，你好好休息。明早我先送冯总和苏菲亚去机场，回来再带你去医院。”

一早，古文送冯坤和苏菲亚去机场，并告知两位李亚病了，要晚走一天。

“那你要好好照顾大美女呀！”苏菲亚临行前朝古文颇有意味地一笑。

没错，苏菲亚看出了李亚的心思。女人在情感方面的敏感性与生俱来。苏菲亚在三天里，从李亚的眼神中、谈话里早已感觉到李亚对古文的爱慕和仰视。所以，临行前苏菲亚意味深长地说了那句话。

李亚是个出色的女人。出身书香门第，家境良好。自幼聪慧，学业不凡，毕业于清华。良好的教育，使李亚身上有着一股知性气质，再加上娇好的面容和身材，追求李亚的青年才俊、巨富二代不乏其人。然而，李亚一个也没看上。

为了金钱而投怀送抱，为了事业而委曲求全，劈腿、婚外情，对感情不忠，对婚姻不敬，这些现象李亚甚为鄙视。她希望能有一个把感情、把家庭放到第一位的灵魂伴侣。

她向往的是纯纯的感情，真实的生活，不需要浓烈但要醇厚，不需要华丽但要完美。所以，三十岁的李亚一直没有找到合适的伴侣，单身至今。

古文来到睿富之后，他的学识、修养以及对乔安的感情深深地触动了李亚那颗本已平静的心。古文推荐李亚升任财务总监后，接触的机会越来越多，李亚对古文的爱慕也越来越深，古文满足了她对人生伴侣的所有期待。但是，半年来她和乔安以及肖梅已成闺蜜，所以理智和涵养都告诉她：对古文的爱慕只能藏在心底。

李亚在《中国国家地理》上看到过一篇游记，关于天空之镜——茶卡盐湖的，她被那里美轮美奂的景色深深迷恋。这次来青海，她希望能去茶卡盐湖看一看那令人迷幻的风景，同时，她内心也期待能和古文单独一起旅行，哪怕只有一天，哪怕只是看起来像一对情侣！

所以，她没有不舒服，只是故意找个理由让古文留下来陪她去茶卡盐湖旅行。

古文送走冯坤和苏菲亚，回到酒店，敲开李亚房门。本以为李亚会面容憔悴，精神萎靡，但出现在他面前的李亚却一身休闲打扮，精神焕发、笑容满面。

“你……”古文有些不解。

“别问那么多了，陪我去茶卡盐湖看天空之镜吧！”李亚兴奋地说着，眼里充满期待又有些小小的担心，担心古文会因为被骗生气，担心古文会拒绝。

“你……这……”古文好像明白了些什么，又好像有些什么都没搞清楚。

“不用担心，古哥。”李亚说，“我已经和乔安报备过了，她同意你陪我去。”

“这样啊，那好吧。”本来古文还想找个理由来避嫌，听李亚说已和乔安打过招呼，也就只好答应。

“如果没和乔安报备，你是不是就不会陪我去？”李亚有些幽怨，低声细语着。

“那倒不至于。谁让你是乔安闺蜜，我是你大哥呢！陪小妹看看天空之镜挺好。”古文被问得有些尴尬，但很快调整好情绪。

“古哥，你太好了！”李亚非常开心，“我们出发吧！”

茶卡盐湖位于青海省海西蒙古族藏族自治州乌兰县茶卡镇，是古丝绸之路的重要关口。这里的湖水含盐极高，盛产青盐。

茶卡盐湖的美足以拨动人心。远处水与天已没有明显的界限，天空是湖水的一部分，湖水是天的一部分，水天相接，似真似幻，犹如一面巨大的镜子在天地间相互映衬，故称为天空之镜。但在很多人心中，与其说是天空之镜，不如说是一面魔镜，天地颠倒处，幻象频生。

古文和李亚来到茶卡盐湖正是正午，万里晴空中白云朵朵。站在湖边，极致的空旷，极致的宁静，仿佛整个世界只能听到自己的呼吸。映入眼中的，唯有天上的蓝天白云和湖中分不清到底是真实还是幻象的倒影。

“太美了！”李亚站在湖畔从心底发出惊叹，“比在我梦中出现的景色还要美！”

古文也赞叹不已,赞叹大自然赋予人类的至美,赞叹这天地间的奇境。

李亚身着青色长裙,肩披红色纱巾,光着脚丫走进湖中,静静地站在那里。身影倒映在湖水,人像相接宛若立在镜面之上。她回头望着古文微微一笑。

是景色太美,还是李亚的回眸一笑更美?不知为何,古文恍若隔世,竟痴痴地呆在那里。

"古哥,帮我拍照吧。"李亚柔声轻唤,唤醒了沉醉其中的古文。

"哦,好嘞!"古文从失态中醒来,拿起相机帮李亚拍照。

远眺的侧影,跳跃的身形,优美的站姿,深情的凝望,可爱的笑容,娇羞的萌宠,万般美景衬出李亚千般娇媚。

两人迈步在浅浅的湖水中,不时地嬉戏着,欢声笑语中忘掉了所有。

两人并肩走在长长的铁轨上,默默无语中诉说着一切。

天近傍晚,夕阳西下,霞光万道,云彩斑斓。李亚看着旁边一对对情侣,心中的情感难以抑制。她突然挽住古文的手,羞怯中又异常执着地对古文说:"古哥,能满足我一个愿望吗?……像恋人一样抱我!"

李亚的请求曾在心中无数次响起,但一次次被理智抑制,她一直在克制着这份情感,她不想伤害与乔安的闺蜜之情,不想破坏这份暗恋的纯真。

但在这唯美的地方,四周充满着恋爱的气息,这份感情再也抑制不住!她需要给自己的这份情感一个交代和慰藉。哪怕只是一个拥抱!哪怕只有一次!

于是,藏在心中的话终于执着地讲了出来。

古文听了，有些不知所措。其实，李亚的心思古文都明白。如果说对李亚没有一点心动也不可能，漂亮、知性对男人是有杀伤力的。但是，古文更爱乔安。纯真时代的爱情让他们的感情更纯洁，更有依赖性。所以，古文一直把李亚作为一个妹妹来看待。

几天的玉树之行，尤其今天来到茶卡盐湖，古文重新认识了李亚：原来李亚在严谨的背后也有娇柔，在知性的背后也有热情。

古文看着眼前娇羞的李亚，情绪有些起伏，犹豫之间，他把李亚拥入怀中，轻轻抚摸着她的秀发。

"吻我。"李亚轻轻闭上眼睛，饱满的双唇充满诱惑。

丁零零，就在这时，古文电话响起。

"古哥，快来救我！"电话中传来一位女性急迫的声音。

打来电话的是孙婉，古文和乔安的大学同学，现在是一家早教集团的老板。

孙婉的电话惊醒了古文和李亚。

"对不起！我刚才有些失态，抱歉！"古文深感不妥，连连道歉。

"……"李亚羞红了脸，但内心欢喜。她终于舒了一口气，纠结的爱慕在拥抱中都已释然，一天情侣般的旅行李亚已满足，这段感情可以放下了。

"我一个朋友出事了，我们得赶紧回去了。"古文放心不下孙婉，已无心在此看风景，也可以避免和李亚尴尬地待下去。

生意顺风顺水的孙婉到底出什么事儿了？为什么需要古文救她呢？

大学毕业后，在同学们都忙着找工作之际，孙婉却出人意料地结婚了！没错，二十岁的孙婉结婚了！不知道孙婉用了什么手段嫁给了一位商界公子哥。公子哥的父辈从事钢铁贸易，伴随着中国经济的快速发展，攒下了不菲身家。

孙婉结婚后优哉乐哉地生活了两年，别的同学在格子间努力，她在美容；别的同学在周末加班，她在购物。富足悠闲的生活，让那些奋斗的女同学开始怀疑求学的意义、奋斗的意义和人生的方向。孙婉的状态，似乎完美诠释了“干得好不如嫁得好”的俗语。

两年后，有的同学开始创业。孙婉觉得无聊，开始生孩子玩，而且生上了瘾，五年生了三个孩子。孙婉再也不无聊了，她对孩子教育充满热情，整天忙于学习育儿知识，带孩子参加各类早教，生活得充实又满足。

公婆本来对孙婉并不是太满意，认为她嫁到家里是冲着家境来的，无奈不争气的儿子喜欢，也就慢慢接受了。随着孙婉一发不可收地生了两男一女三个孩子，公婆欢喜得不得了，非常满意！一家子倒也和谐幸福，其乐融融。

孙婉的老公是典型的富二代、公子哥，生得帅气养眼。不爱学习，只是贪玩，尤其爱车。年轻时喜欢玩摩托车，酷爱风驰电掣的感觉，据说当年跑完二环只用8分钟。孙婉正是无意间见到他赛车的风采，才彻彻底底地爱上他并无怨无悔地嫁给了他。他虽然贪玩，但对孙婉却很认真。

公婆经营着一家颇具规模的钢贸公司，在业内很有影响力。然而，随着国内钢铁产量的极剧攀升，钢铁行业的利润已薄如纸片。2008年国际金融危机的深刻影响，使政府推出

4万亿的投资计划，重点投向“铁公基”行业。“4万亿”计划对中国以后几年的经济发展产生了深刻影响，给当时的钢贸企业犹如打了一针鸡血。银行以及一些影子银行（指未受严格监管却行使银行功能的机构，比如民间借贷）对钢贸企业的撒钱式放贷，使这个行业如同服用伟哥一样，亢奋而没有节制。

不可思议的产量，不可思议的放贷，孕育了大量的风险。更为可怕的是，很多资金并未进入贸易，而是被借款企业用于放贷，做起了所谓的“资本运作”。

2011年，行业风险终于显现。银行收紧信贷，甚至有些地方已经拒绝给钢贸企业放贷。一时间，钢贸行业哀鸿遍野，跑路的，自杀的，被封存的，被起诉的……

身处亢奋的环境，没人能置之度外，淡定从容。公婆公司也从银行借出1亿，除了用于补充流资的4000万，其他6000万用于放贷。银行收紧银根，督促还款时，孙婉公婆的公司已是举步维艰，放出去的高利贷无法收回。此时，破产清算也许是最好的方法，但银行受损最大。

银行当然不想让企业破产。

银行行长郑重其事地再次考察完公司后，决定续贷。很快完成了放款前期手续，前提是要先偿还前期贷款。

过桥资金也由银行推荐的民间借贷机构来解决。一切都那么顺利，一切都那么完美，一切都那么充满诚意。

然而，当公司用高息拆借来的资金偿还借款后，银行以种种理由，拒绝放款。

银行安全退出，金蝉脱壳。公司背负高利贷，不堪重负，被放贷者拍卖所有资产后，终于破产关门。

公婆由以前的成功商人变得一贫如洗，从此一蹶不振。老公倒是无所谓，虽然纨绔但是个洒脱之人，他并不在乎物质生活是否优越，只要自由自在他就感到很幸福。

但是，孙婉却并不甘心，不甘心家道从此衰落，不甘心接受清贫的生活，不甘心自己的三个子女因为清贫而失去幸福。

她决定要承担重振家业的重任，她决定开始创业。

一个自从毕业就没工作过的女人，在没有资金支持的情况下创业，谈何容易！

由于前几年她大部分时间都是在带孩子玩，所以她选择了她最为熟悉又最有热情的行业——儿童早教。

孙婉表现出了强大的韧性和生命力。从一间门面、自己一人开始，慢慢做了起来。从一开始就运用台湾最为先进的早教理念，提出亲子教育和感官系统训练。先进的理念、热情的服务给她带来很好的口碑。父母对早教概念的接受，家庭对孩子无条件的支出，以及家庭收入的不断提高，也大大促进了早教行业的发展。

孙婉赶上了早教行业的风口，早教中心开了一个又一个，做起了连锁。在别人模仿她做连锁发展时，她又做起了高端形象店，每个形象店都有4000平方米。

短短五年时间，孙婉的公司竟发展成为省内最大的早教公司，一时风光无两。

公婆从不满意到接受，再到看着孙婉为了家庭的付出，大为感动，从心里敬重儿媳。老公也更疼爱孙婉，家庭变得更为幸福，更为和谐。

孙婉的半生历程，堪称传奇，堪称励志。

古文回来，马不停蹄地就和乔安赶来见孙婉。在路上，乔安告诉古文：这几天电视、报纸、微信、微博到处都是孙婉公司的新闻，说孙婉的公司经营不善，一万多会员的课程费将近5000万被孙婉私吞，孙婉准备携款潜逃。会员纷纷前来退费，孙婉没有资金兑付，于是会员开始打砸抢，早教中心一个接一个地被会员洗劫一空。一万多个会员一起闹事，已形成群体性事件，政府也已介入。孙婉见到古文和乔安过来，抱住乔安放声大哭，往日精致的妆容早已不见，憔悴的脸庞，发红的双眼，显得楚楚可怜。

“为什么会这样?”古文急切地问。

孙婉停止哭泣，道出了原因。原来，孙婉的公司虽然发展得一直不错，但孙婉一直没有给员工缴五险一金。以前，因为工资待遇不错，员工大都没有提出异议。再加上主管部门本着不告不管的原则，对此也是睁一只眼闭一只眼。所以，虽然不合规，大家倒也相安无事。

然而，由于上半年房价快速大幅上涨，泡沫急剧放大，风险急剧上升，政府不得不再下重手，对房地产实施前所未有的调控。尤其中央层面提出“房子是用来住的，不是用来炒的”后，各地政府出台各种措施严格管控。其中有一条就是：外地人在本市购买房产需在本市连续缴纳两年社保。本来是打击炒房者的手段，却也误伤了很多刚需购房者。孙婉公司的员工大多是外来的年轻人，此政策一出，由于公司没给缴社保，基本斩断了他们在省城买房成家的机会。尤其有几个已交定金等着签约的员工，由于没有购房资格，定金不退不说，眼看着房价大涨，本来到手的财富却与己无缘，于是心中愤愤不平，把这一切都归罪于孙婉。

几个人商量过后在公司发起串联，联合各个中心员工一起向孙婉发难，要求公司补缴社保。这项政策也让所有员工意识到了社保的重要性，于是纷纷响应。

孙婉对此要求断然拒绝，只承诺今后按规定缴纳。员工不满，于是开始罢工并向会员客户散布谣言，说公司经营不善，老板要携款潜逃。

不明真相的会员听过太多卷款跑路的故事，于是纷纷前来退费。

孙婉一开始不同意退费是因为她认为她可以稳定局面，没想到会员却认为她不退费是因为真的经营不善，无力退费，甚至想卷款潜逃。真真假假的消息通过微信、微博快速地传播着，越来越多的会员来退费。

由于公司一直在扩张中，预收的会费都已投资在新的门店中，当孙婉想退费安抚时，却发现早已无能为力。

于是，打砸抢的事情开始发生，犹如多米诺骨牌一样，各个中心一个接一个地被迫关门。

更要命的是，会员前去政府门口聚集游行，电视、报纸、微信、微博纷纷报道，一时间搞得满城风雨。政府为防止发生群体性事件，已开始介入。

“现在，最大的问题是什么？”古文问。

“公司已被洗劫一空，资金都投进新的门店，公司倒闭已不可避免。政府工作组说如果能给会员退费，不再发生群体性事件，法律责任可不追究。否则，将会追究法律责任。但是，我从哪儿找5000万？”孙婉说。

“5000万？”古文也有些吃惊，这么大的亏空确实一时不好解决。

“为什么别的公司不缴社保什么事儿都没有，我却被搞得如此狼狈？钱没了！公司也没了！为什么老天对我如此不公？”孙婉委屈地问。

她想起家庭的变故，想起自己创业的不易，委屈不已；想起公司是因为没缴社保这个很多企业都犯的错而倒闭，更觉命运的不公。

“孙婉，你孩子都还小，他们不能没有你，你可千万别被抓进去呀！”乔安想到孙婉的三个孩子，担心不已。孙婉抱住乔安，泪眼婆娑。想到孩子的未来——女人心里最柔软的部分，两个曾经的女强人，再也没了往日的坚强。

“孙婉，你告诉工作组说五天内拿出解决方案。”古文看着两个无助的女人，男人的担当油然而生。就在一刹那，古文脑子里灵光一现，他大概有了一个方案，也许可以很好地安抚会员。

第二天，古文来到老莫办公室，先谈了谈冯坤在玉树的情况，并告诉老莫冯坤投资的可能性很大，就等着好消息吧！

老莫听说事情如此神奇，也非常开心。

古文看老莫心情不错，就直截了当地说：“老莫，你能不能帮我个忙？”

“自己兄弟，不用客气，直接说。”老莫说完，突然意识到古文从来没求过自己，一般的麻烦古文都能解决。古文今天开口估计真的遇到大麻烦了。

古文把孙婉公司的情况给老莫谈了谈。老莫听后也对孙婉的经历感到佩服和惋惜。

“需要我怎么帮她？如果是借钱恐怕不行。她的公司人心涣散，声誉下降，客户大面积流失已成定局。她的偿还能力会有问题的。”老莫在商言商。

“当然。借钱退费不是最好的解决方案。”古文心中早已有了方案。

“你的意思是……”老莫很好奇。

“由公司出面和政府工作组以及孙婉谈判，儿童快乐成长中心全部承接孙婉公司会员预交费用，将孙琬公司会员转化为快乐成长中心的会员，但是前提是续交1000元会员费。这个方案解决了几个问题：一、会员非但没有损失，还转到了更高档的场馆，所以会员会满意。二、给政府解决了难题，政府会满意。三、给孙婉解决了难题，孙婉会感激。四、儿童快乐成长中心快速收获了一万多个会员，还收到了1000万现金。我相信你也会满意。”古文道出了自己的解决方案以及给各方的好处。

“当然，你会说那5000多万我来承担，不是亏大了吗？其实你想想，公司会亏吗？我们的场馆是固定的，所以折旧是固定的；人员是固定的，所以薪酬是固定的；项目绝大多数是没有耗材的，所以费用是固定的。所以，只要场馆开门，无论有多少会员，我们的成本费用是一定的。因此，增加了一万多会员并不会增加我们的支出。你再想想，未来这一万多会员每年都要在儿童快乐成长中心消费几千块，一年就是几千万收入呀。”古文知道老莫心中的疑虑，所以没等他问，就把答案一股脑儿说了出来。

老莫一开始听到这个方案，觉得古文为了他的朋友让自己承担5000万，心中略有不满。但古文的解释，他觉得也颇有道理。儿童快乐成长中心会员在没有达到饱和时，经营成本是固定的。所以，发展会员是实现盈亏平衡乃至盈利的最根本保证。这几年，儿童快乐成长中心会员增长乏力，一直维持在2000个左右，所以一直在亏损。虽然老莫不在乎这些亏损，但如果能盈利岂不是更好？没有多大的实际支出却能大幅度增加会员，并为未来实现盈利打下基础，确实是一步好棋。更重要的是老莫对孩子有着莫名的喜欢和关心，对孩子的教育培养尤其重视，所以他投资了儿童教育项目。

老莫看了古文一眼，笑了笑说："你为什么对孙婉这么好？"

"因为爱情！"古文一本正经地说。

"真的？我说要不你怎么这么下力地帮她？原来……哈哈。"老莫一脸的八卦和兴奋，"说来听听，我给你保密，不会告诉乔安。"

"唉，在我和乔安恋爱之前，和孙婉有过一段儿……直到现在我依然难以忘记初次见她，一双迷人的眼睛，在我脑海里她的身影挥散不去。"

老莫看古文慢慢笑了起来，听着这话越来越熟悉，他知道他被古文骗了。

"用歌词骗我不是？我看你也就是一个闷骚！"老莫也笑了。

"主要是你太八卦！呵呵。"

两个人在轻松的玩笑中决定要帮孙婉。

古文电话告诉孙婉老莫要帮助她时，她正在焦头烂额地应付前来退费的会员和政府工作组。

几百个会员家庭打着横幅，上面写着"坑害儿童，天理难容""政府出面严惩黑心商人"等标语，在孙婉公司门前请愿。

烈日炎炎下，年轻的妈妈们、年长的爷爷奶奶们情绪越来越激动。他们商量着要堵路，要联系更多的会员参加堵路，希望政府部门把孙婉抓起来，别让她卷款跑路，督促她赶紧退费。眼看着场面越来越混乱，工作组负责人张副市长对孙婉下了最后通牒：今天如果不能解决问题就让公安抓人。

古文的电话让几近崩溃的孙婉长舒一口气。她告诉张副市长已经有了解决方案。

张副市长听说是睿富集团莫董帮忙解决，也大为感激。他让孙婉通知老莫到现场，一起来安抚会员，并当众承诺解决问题。同时，张副市长让秘书通知市电视台前来报道。

张副市长、老莫和孙婉一起来到孙婉公司门口，老莫当众承诺会员预交的费用可全额到儿童快乐成长中心消费。

"各位家长，我是儿童快乐成长中心的投资人莫忠。早教中心出现困难，孩子不能好好地学习和玩耍，大家的心情我非常理解。当公司出现困难时，采取极端方法对于解决问题于事无补，只能让情况越来越恶化。所以越是困难，员工更应该一心，会员更应该信任，政府更应该扶持。最重要的是，企业间更应该鼎力相助。再难，不能让孩子没有学习玩耍的地方；再难，不能让家长有任何金钱上的损失。所以，我郑重承诺：家长们在这里预交的费用，我愿意全额承担，全部转为儿童快乐成长中心会员费，让孩子们享受更高档的环境、更优质的项目以及更优秀的服务！"

老莫的承诺让家长们非常满意，因为他们知道儿童快乐成长中心比早教中心档次高了不知多少倍。更重要的是，他们没有损失一毛钱。

老莫的承诺让孙婉非常感激，那可是5000万的承诺呀！

她不知道古文是怎么说服老莫的，但是她对老莫、对古文内心的感激无法用语言表达，她怔怔地站在那里，好像是在做梦一样。

老莫的承诺也让张副市长大为欣赏，欣赏他的豪气，欣赏他的仗义，更欣赏他的社会责任感。

老莫的慷慨激昂、仗义疏财和强烈的社会责任感，都一一被记者记录在了镜头中。

孙婉公司的问题彻底解决，唯一可惜的是省内一著名早教品牌就此灰飞烟灭、不复存在。

老莫本来只是想给古文帮个忙，用小的代价收获一批会员。但是，意想不到的收获来了。正所谓"助人者，天助之"。

当天晚上，电视台《热点追踪》栏目对孙婉公司风波做了追踪报道，报道称：省内商业巨子出手相助，早教风波圆满解决。老莫慷慨激昂、仗义疏财又颇有担当的形象通过电视印入大家的心里。第二天，省内各大报纸也做了大幅报道：《为了孩子，巨资相助》《仗义疏财，彰显担当》《血管里流着道德和责任的血液》……微博和微信也快速传播着……

一时间，各类媒体纷至沓来，对老莫和公司做了大量的采访和报道，公司的美誉度大大提升，老莫被塑造成最具社会责任感的商业巨子，像明星般被广泛宣传。老莫还被推选为省内十大杰出青年，公司被评为最具社会责任感优秀企业。公司和老莫一时吸尽眼球。

让人开心的事不止这些，好事接踵而来。上海的冯坤也通过游说各位投委会委员，使这笔2亿美金的投资顺利通过，资金一个月后汇入了境外上市公司。

资金汇入公司后，很快完成重组境内公司的工作。DM的杰斐瑞统筹各中介团队开始准备各种IPO的申报材料。一切看起来都那么顺利，那么美好。

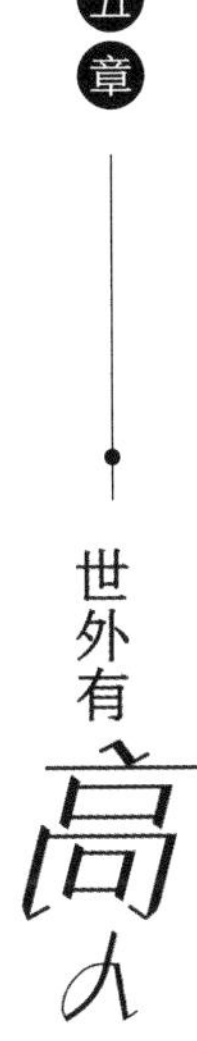

第十五章

世外有高人

婚姻存纯真

※

周五下午，老莫叫古文到他办公室。“古哥，有两件好事告诉你。明天周末，放松一下，带你去见一个高人，记着带上乔安。”老莫神秘地说。

“牺牲我们的二人世界陪你去玩是好事儿呀？”古文打趣道。

“如果是付费请你呢？”

“那我倒可以考虑。”

哈哈哈，两人一起大笑起来。

“古哥，第二件好事就是给你付费。”

“你还真的付呀？”

“应该付，必须付！你的融资佣金我已经让财务安排了，下周一付你账上。”老莫感激地说，“你帮了我很大的忙，我不能亏待你！这也是你应该得的。”

古文听了才明白，原来是付融资佣金！古文在心中略一计算，一个很大的数目。

“看在钱的分上，明天就陪你走一趟吧！”

两人再次大笑起来。

周六老莫来接上古文和乔安，车里坐着行政总监肖梅。老莫和肖梅好了已有一段时间，但一直隐藏着他们的恋情。今天，老莫带肖梅来接古文和乔安，算是第一次在朋友中公开自己的恋情。

古文和乔安曾在散步时撞见过他俩在一起，所以看见肖梅并不意外。但乔安还是故意开起来玩笑。

“莫总，你们三个去开公司会议吗？我去不合适吧？”

“这个……怎么说呢，你懂的！”老莫终于用一句颇有意味的话，正式承认了他俩的关系。

“嘿嘿，其实我和古文早就知道你俩的关系了！没想到吧？”乔安讲出来那次在CBD散步时的偶遇。

“我们只是不想把感情带进工作中去，所以就没告诉你们。”肖梅对乔安的守口如瓶报以一笑，以示感激和歉意。

“我一直觉得你俩很般配，真的。你看，莫哥事业有成，梅姐光彩照人；莫哥开疆辟土，梅姐光彩照人；莫哥富可敌国，梅姐光彩照人！”

“等等，为什么你说了我这么多优点，却只说肖梅一句光彩照人呢？”

“因为梅姐的光彩照人足以配得上你的所有！”乔安开起了老莫的玩笑。虽说是玩笑，但也狠狠地拍了一下肖梅的马屁。

女人，无论什么年龄的女人，对自己的容颜永远那么在乎。你说她善解人意，不如夸她真漂亮；你说她知书达理，不如说她真的好美；你说她知性干练，不如说她光彩照人。

“好吧，你长得漂亮说得都对！”

车里一片笑声。

“今天去哪里？见什么高人？”古文问老莫。

“对呀，我也想知道。”肖梅也不知道要去哪里。

“去见一位大师，一位真正的大师！”老莫非常神秘地说。

“不会是玩空杯来酒、空盆抓蛇，王林那样的大师吧？”肖梅说完笑了起来，她一直想不通这些雕虫小技是如何取得那些达官贵人、商界名流和娱乐明星的信任的。

前一段，“气功大师”王林保外就医，最后不治身亡。有人玩笑说大师采用龟息大法躲避牢狱之灾。王林化作一缕青烟而去，留下了很多传说。传得沸沸扬扬的不是他认识多少达官贵人，不是他如何和商界名流称兄道弟，甚至不是他如何给女明星开光的故事，而是他如何取得了这些人的信任。

其实，随着地位、财富、事业、知名度的成倍增长，达官贵人、商界巨子和娱乐明星遇到的事情往往没有参考答案，挑战也不断升级。高处不胜寒，重压之下，他们迫切需要某种神秘力量、神秘大咖成为其导师，为其解惑，为其加持。

王林之流应该不是只会变魔术、只会为女星床上开光的神棍加淫棍，在别的方面应该也有两把刷子，要不怎么会在一众江湖郎中里脱颖而出？王林已成为交际大师、人脉大师，是连接权与钱的润滑剂。这恐怕才是各类人等趋之若鹜的原因所在。

“王林？名利之徒，掮客而已。”老莫对王林之辈不屑一顾，“今天我们见的可不是名利之徒！他曾准确预见了某乒乒球运动员奥运会夺冠，甚至给某位长老指点了仕途。”

话说当年，那位乒乓球运动员出征奥运之前，对奥运成绩没有信心。无意间遇见一位大师，便把所虑告之。大师掐指一算说了一句：会当凌绝顶，一览众山小。她受此鼓舞，在奥运会所向披靡，勇夺冠军，并受到奥委主席萨马兰奇的青睐。从此，每逢大赛她都请教大师，大师预言结果无一不中。

还有一说：某长老省内做官时求见大师。大师得知其机关大楼门前欲修高架，遂画图一幅，一大鹏展翼飞翔，振翅向南。长老通晓神机，故令高架桥在其机关大楼门口两侧下行，形成大鹏展翅之态。经年，长老赴粤，再四年，位列长老之位。

老莫讲得活灵活现、神秘异常，肖梅和乔安听得入迷，但古文却没什么反应。

“古哥，你不相信世界上有神秘的力量，不相信有通灵的人物？”

“孔子曾经说过：子不言乱力怪神。这种通灵术只有少数人能经历，所以常人无从考证。再者，它会惑乱人心。所以，我一般听了就笑笑，见了再想想。但到现在，只笑过，没想过。”古文说了自己对通灵术的看法。

“好吧，今天就让你想想。”老莫对大师笃信不疑。

一个多小时后，车行至山下。四人徒步半小时，来到山中一院落。院中极为素净清雅，簇簇青竹环绕四周。一间青砖平房建得非常古朴。房间的门上挂一竹帘。四人欲掀帘而入，只听得屋内传来一句《如梦令》：“试问卷帘人，却道缘分依旧。知否，知否，应是古桥莫笑！”

四人来到屋内，只见一老者端坐于石制茶台后，鹤发童颜，仙风道骨，煮一壶茗茶，读一卷古籍。

老者让四人坐下喝茶。茶杯瓷白，汤色微黄。随着茶汤热气蒸腾，屋内飘散着一缕缕幽雅悦人、好似玉兰独有的鲜香。

“福建的水仙茶，你们试饮一下？”老者斟茶一圈，示意四人品茶。

四人初尝微觉苦涩，品饮几口，顿觉清香甘醇，生津喉润，于是连连称赞：好茶！好茶！

“我有一个朋友对我说，大师有未卜先知、通天彻地之能，想见您很长时间了。今天我们四人有缘拜见，希望大师能不吝指教，指点迷津。”老莫品完水仙茶，讲明了来意。

老者笑而不语，没有回答老莫，却递给乔安和古文一张宣纸。乔安和古文一看，上面写着：“古道小桥一相逢，便胜却人间无数。”

“大师怎么知道我姓古，她姓乔？又怎么知道我们是一对？”古文看完，大吃一惊。

再想起刚才那两句《如梦令》：试问卷帘人，却道缘分依旧。知否，知否，应是古桥莫笑。古桥莫笑岂不是四人的姓氏：古、乔、莫、肖？！

老者不仅知道了古文乔安姓氏，老莫肖梅姓氏也是早已知晓。想到此，古文膜拜不已。

老者依然没有说话，又递一张宣纸给老莫。老莫一看，上面写着：

幼无良田半担粟，

如今身居黄金屋。

娶妻当若颜如玉，

事业车马多簇簇。

一首脱胎于"书中自有千钟粟，书中自有黄金屋，书中有马多如簇，书中有女颜如玉"的诗不仅写明了老莫的贫寒出身，又准确道出了老莫如今的地位和从事的事业。肖梅不凡的姿色似乎也证明了"娶妻当若颜如玉"。

老莫看完也是惊叹不已。

老者品完一杯茶，终于开口，他对老莫说："阁下事业有成，近来又名利双收。烟花易冷，繁华易逝。若婚配成家，毕生圆满。"

老莫和古文深信老者已知老莫近来如日中天的名望，于是频频点头。

老莫对公司上市颇为重视，想知道到底能不能上，什么时候可以上，于是问老者："公司上市是否会顺利？"

老者看看老莫，看看古文，又看看肖梅，缓缓地说："事在人为，一切皆有定数！"

老莫希望得到准确答案，试图再问。然而老者却端茶示意送客。

四人出来，都兴奋异常，深感老者超凡脱俗，不为金钱，非王林之辈可比，仿佛先知先觉，未卜先知，简直神人。

"大师说了，公司上市，事在人为。所以必定会成功！不过，在此之前，我要结婚！我要圆满的人生！"老莫想起大师的话，开心不已。

"结婚？和谁呀？"古文和乔安明知故问。

"还能有谁？远在天边，近在眼前！"老莫大声喊着，幸福洋溢着，"肖梅！一定是肖梅！"

肖梅是东北人，哈尔滨工业大学毕业，在那所军工背景的大学中表现优异。毕业后出国留学，修完MBA进入GM公司。三年历练，成为GM中国总部的一位中层。外资公司丰厚的待遇，使她在生活中变得日益精致。超强的工作能力，出色的业绩表现，让她的职业前景一片大好。还有一位体贴的男友，多金又温柔。但不知何故，六年前却放弃了GM这份很有前途的职业，放弃了多年的恋情，告别北京，来到这座中原城市，加入了睿富这家刚刚成立的公司。

有人猜测肖梅是被男友抛弃，所以离开了让她伤心的城市，来到这座陌生的城市疗伤。有人猜测肖梅是被鬼佬骚扰，最后不堪其扰，才离职逃避。还有人说，肖梅拥有敏锐的行业判断，看中了超豪华汽车在中国的前景，才放弃高薪加入了中国刚成立的第一家超豪华汽车销售公司——睿富。

肖梅在GM公司的历练让她在和这些豪华汽车公司的谈判和对接中显得游刃有余，弥补了睿富初创时期老莫管理上的不足，为睿富公司的发展成长立下了汗马功劳。

然而，肖梅六年来却一直单身。没有约会，没有交际，除了工作还是工作。知性干练的形象又让人难以接近，所以显得有些高冷。

老莫这几年也谈了几个女友，但不知为什么最后都以分手结束。老莫一直想不明白，为什么几个女友都在感情渐渐稳定的时候突然改变主意，离他而去。

也许是缘分未到吧，老莫只有这样安慰自己。

可是，谁也没有想到的是，一年前，肖梅这个高冷的美人好像对老莫产生了好感,开始主动接近老莫,关心老莫的生活。是在一起时间太长,日久生情,还是年龄渐大,需要成家稳定?

老莫其实挺喜欢肖梅这种女性的。出身贫寒又没有受过正规高等教育的老莫,对名校毕业,有跨国公司履历的职场精英有种仰视感。何况,身材高挑漂亮的肖梅又那么令人心动。可是肖梅的高冷范儿,让作为老板的老莫一直无法放下身段去追求。他觉得那样会让他在公司里失去威严。所以,一直以来,老莫对肖梅的感觉就是,可远观而不可亵玩焉。

差不多一年前,高志尚刚刚被双规时,老莫也是惊恐不已,他整夜整夜地睡不着觉。而且这种恐惧无法对人诉说,只能闷在心里。

在老莫最为无助的时候,肖梅走进了他的生活。她用女性的温柔消解他的恐惧,用女性的包容维持他的坚强,陪他度过了最为难熬的时间。

风波过后,老莫对肖梅有了深深的依赖,所以两人就慢慢地走在了一起。但在肖梅的坚持下,这份感情一直没有公开。

老莫曾经听古文讲过一段话:一见钟情是心动,那是爱情;日久生情,是权衡利弊后觉得对方还不错。因此,他知道自己虽不是让肖梅心动的人,但一定是肖梅认为还不错的那个人。

这就够了。

所以,当他听到大师讲烟花易冷,繁华易逝,如若婚配,此生圆满时,他觉得他不能再等了,他的人生已够曲折,他现在要的是圆满，要的是幸福。

结婚，和肖梅结婚，就成了他现在最大的愿望。

“恭喜你呀，肖梅！”乔安发自内心地祝福肖梅。

“谢谢！你也赶紧和古哥结婚吧。”然后回头问老莫，“老莫，你真的想和我结婚了？”

“对！我想成个家了！你愿意吗？”老莫看着肖梅，非常期待。

“Yes，I do！（是的，我愿意！）”肖梅怔了一下，坚定地点了点头。

“太好了！我可以当伴娘吗？”乔安高兴得像个孩子。

老莫和肖梅要结婚的消息很快传开。老莫身边的朋友包括商界的朋友都给老莫送来祝福，并表示期待参加老莫的婚礼。

杰斐瑞和冯坤也评估了一下结婚对上市的影响，觉得这并没有改变公司的股权结构，对公司实际控制人也没有影响，因此，对上市来说没什么影响。但上市前结婚意味着上市后的股权升值部分作为共同财产，肖梅将享有权益。如果上市后再结婚，对老莫的财产保护来说可能更有利。

但是，在老莫和肖梅已经决定结婚的时候去这样安排，好像是对他们感情的亵渎，也是对肖梅人格的轻视。

所以，杰斐瑞和冯坤就没提出异议。也许，这样安排是老莫对肖梅表达的最大爱意和诚意呢。

在结婚的形式上，肖梅认为幸福是两人的感觉，没必要张扬给他人看，所以希望低调。

但老莫近来名利双收，声望大增，公司上市也颇为顺利，所以老莫希望婚礼要办得奢华、隆重，要配得上他的财富，要彰显他的实力，也要对得起他这么多年对婚姻的期待和坚守。

所以，这场奢华的婚礼就交给了一家著名的婚庆公司去策划。

由于老莫要邀请各大车企代表和商界的朋友出席婚礼，所以策划公司没有安排浪漫的海岛婚礼；老莫和肖梅没有宗教信仰，所以也没有安排西化的古堡婚礼，婚礼就安排在本地一家最奢华而又低调的庄园式酒店。

婚礼当天，整座庄园用十万朵鲜花装扮。草坪上、红毯旁、餐桌上、房间里，处处充溢着玫瑰的浪漫，散发着百合的芬芳。

偌大的庄园，一百多台超豪华汽车让人眼花缭乱，比起豪车遍地的迪拜帆船酒店也是有过之而无不及。

婚礼现场会聚各界商业精英、车企高管、贵妇名媛、社会名流，犹如商界奥斯卡一般，群英闪耀，美女如云，衣香鬓影。

深情的音乐响起，一袭曳地超长白婚纱的肖梅由六个花童陪伴着走向了老莫。交换戒指时，老莫给肖梅带上的一枚6克拉的钻戒闪耀全场，引起女士们的一阵尖叫。

戴上钻戒，亲吻新娘前，老莫讲了一段感人的话："今天来的嘉宾都是我的亲人和朋友，在今天之前，很多人问我为什么一直不结婚。其实，我也一直在寻觅，也一直在问自己。但是不管经过多长时间，我一直相信世界这么大，如果有人对你的爱不屑一顾，那肯定也会有人将你的爱小心珍藏，在这个世界一定有个属于我的女人在等我！很幸运，上帝把最好的留给了我，我等到了属于我的女人！但是在我四十岁时才得到心爱的女人，我觉得这一切，都来得太迟。倘若上帝问我，如果用你的财富来换取早一点与肖梅相爱，你会愿意吗？我会干脆地告诉上帝，Yes，I do！如果用你的事业来换早一点与肖梅相爱，你会愿意吗？我会干脆地告诉上帝，Yes，I do！如果用你的生命来换早一点与肖梅相爱，你会愿意吗？我会勇敢地告诉上帝，No！因为我要和肖梅相伴一生，幸福到老！”

老莫感人至深的话感动了肖梅，也感动了全场。

肖梅眼中含着泪光，望着老莫喃喃地说：“为什么我们认识那么早，相爱却这么晚？”

在老莫忙着敬酒的时候，李亮好像想起了什么。

“老莫没有了父母，但为什么肖梅的父母也没有来参加婚礼呢？难道肖梅钓到金龟婿，他们还不满意吗？”李亮开着玩笑，好奇地问坐在身边的古文。

“肖梅好像说过她父母也都不在了。”古文在筹备婚礼时听肖梅讲过。

“唉，两个人连这都般配。”李亮叹口气。

婚礼婚宴一直持续到晚上。庄园内亮起了浪漫的灯光秀，整个庄园铺满了紫色的彩灯，各种造型美轮美奂。在众人期待的目光中，老莫和肖梅身着晚礼服沿着心形光环再次出场。

“期待吗？婚礼的高潮就要来临了！让我们用掌声把祝福送给一对新人！用欢呼来迎接最绚烂的时刻！”主持人兴奋地引导着各位来宾。

砰，砰砰，砰砰砰……一朵朵绚烂的烟花升上夜空，把天空照得五彩斑斓。

所有来宾都被这烟花所震撼。因为没人会想到，也从没人见过如此华丽的烟火。

夜空中，绚烂的烟花照得庄园如同梦幻的世界。

梦幻的灯光下，老莫和肖梅翩翩起舞……

一场盛大奢华的婚礼结束了，两人幸福的生活会像童话故事一样开启吗?

办完婚礼，老莫和肖梅按计划前往欧洲度蜜月。

第十六章

浓情巧克力 魂销意大利

※

上市的工作依旧在紧锣密鼓地开展着。阳光明媚的一天，古文正在整理资料，电话响起。

“时人不识余心乐，将谓偷闲学少年。”不用说，来电的又是李亮，“古哥，大好的天气，我们去喝茶吧！”

“大哥，这是一首写春天的诗。现在都快秋天了，时节不对吧？”

“时节虽不对，但心境蛮符合。哥哥我又接个大活儿！赚了不少。”李亮心情不错。

“好吧。满足一下你炫富的欲望！”古文打趣李亮。

两人相约来到“苏韵”茶馆，找了一个二楼的包房，开始喝茶闲扯。

最放松的时刻就是和好友在一起漫无目的地吹牛扯淡。天南海北，古今中外，政坛逸事，财经评论，指点庙堂，激扬江湖，没有约束，恣意汪洋……古文和李亮聊着聊着聊到了房子。

“你说现在通胀这么严重，刚到手了一笔钱，我要不要再买套房保值呀?”李亮问古文。

“买什么房呀？做你最喜欢的事多好。”

“我最喜欢的事?”李亮一时不解。

“泡妞呀！你最大的兴趣不是泡妞吗?”古文了解李亮最大的爱好，和他开起玩笑来。

“嘿嘿，都是传说、传说……我远离风月已经很多年。”李亮装作一本正经，但还是忍俊不禁。

“什么都瞒不住你！不过，我真的有这个想法，给个建议呗。”

“如果十年前你没有买房，你一定会后悔前半生；如果你现在买房，你一定会后悔后半生。”古文说出了自己对于房价的看法。

中国的房地产行业自从十几年前被定义为支柱产业后，就进入了波澜壮阔的黄金十年。在促进中国经济迅猛发展的同时，也绑架了中国的发展路径和经济政策。房价的持续上涨，使房产的居住属性不断降低，金融属性不断上升。房价只会涨不会跌的一致预期使居民纷纷买房以期保值升值，信贷资金也脱实向虚，进入房地产。汹涌的资金如洪水般地进入房地产，不但推高了房价，也伤害了实体经济，更严重阻碍了中国的经济转型。

尤其去年，合肥、南京、厦门、郑州等地的地王频出，土地价格不断刷新，房价如脱缰的野马，在短短几个月内飙升了30%到50%。全国人民开始进入恐慌式购房。高涨的房价透支了几代人的财富，透支了中国经济发展的未来，更是严重抑制了年轻人的理想和创造力。

面对如此疯狂的局面，高层似乎嗅到了来自地火的灼热气息，似乎听到了海底冰裂的声音。东京房价的前车之鉴不可不防。

“房子是用来住的，不是用来炒的”，来自最高层的声音终于重新定义房产属性，抑制房价显得那么迫在眉睫。

防止房价过快增长已成为政治任务，管不住房价的地方政府将会被严厉问责。中国政治体制的优越性这时候显得尤为突出：自我纠错能力超强，政策可以及时向后转。

一时间限购、限贷各种行政措施和信贷措施纷纷出台。房地产行业再次面临着转向的风口。

“不会吧？说得那么严重！”李亮一直对房产投资情有独钟，并且获利不少，所以不相信房价已处于高点。他认为只要中国政府的土地政策不改变，货币手段不改变，房价就只会涨，不会跌。

“前十年，认为房价会跌的，低估了政府对土地的依赖；从今以后，认为房价依然上涨的，一定是低估了高层转变政策的决心！如果现在再不管控房地产，五年后将没人能救得了中国经济。所以，中国的房产政策就像今天的天气，刚才还阳光灿烂，很快就会变得阴云密布！相信我的判断！”古文望着窗外，刚才还是晴空万里，这会儿已是阴云密布。

没过一会儿，电闪雷鸣，狂风大作，一声闷雷炸响后，暴雨如注。一阵凉风吹进室内，古文感觉寒意入鼻，狠狠地打了两个喷嚏。

“估计有人想你了，嘿嘿。”李亮一脸坏笑。

古文还没有说话，一阵急促的电话铃声响起。

"看看,我没说错吧!乔安,一定是乔安!"李亮大笑。

古文拿起古文手机一看,却是肖梅。

"估计是老莫打过来的。"古文打开了免提,他想让李亮一起听听老莫蜜月度得怎么样。

"古哥,不好了!老莫出了车祸,他没了……"电话里传来肖梅无助的哭声。

什么?老莫没了?这句话如同窗外的炸雷,惊得李亮目瞪口呆,惊得古文手里的茶杯跌落地板,摔个粉碎。

"肖梅,这怎么可能?告诉我,这不是真的!你是在开玩笑,是吧?……"古文语无伦次,他不愿相信老莫会出事,刚刚结婚的老莫怎么会去世?

"真的,老莫真的走了!"肖梅在电话里放声大哭。

这时,古文和李亮知道老莫真的离世了。作为老莫最好的两个哥们儿,也只能让泪水在脸上肆意流淌。

"我和李亮去帮你接老莫回家吧?"古文抽噎着问肖梅。

"谢谢……可是,你们办签证、订机票都需要时间……要不,别来了,我能处理好老莫的后事……对了,老莫去世的事情暂时不要告诉别人,等我回国,我们再商量。"

老莫的去世影响太大,有太多的合作车企需要沟通,有太多的合作银行需要交流,刚刚入股的投资机构需要解释,数以千计的员工需要安抚。更主要的是,老莫离世,睿富还如何上市?

古文和李亮觉得肖梅说得有理,于是三人决定秘不发丧,一切等肖梅回国商量后再做打算。

好好的蜜月,为什么竟成为老莫最后的时光了呢?

肖梅在国外读书工作时，游历了很多国家——法国、英国、瑞士、卢森堡，尤其意大利这个风光旖旎、历史文化浓厚的国度给她留下深刻的印象。

而且，肖梅是奥黛丽·赫本的忠实影迷，酷爱赫本和格利高里·派克联袂主演的经典之作《罗马假日》。所以当老莫选择蜜月旅行地，问她最喜欢欧洲哪座城市时，她说出了《罗马假日》中的那句经典台词："如果你问我最喜欢欧洲哪个城市？我会告诉你，各有千秋，但是，我最爱罗马！"

在汽车行业，有一种现象：车企都在标榜自己的车型是出自意大利设计大师之手。尤其是在顶级豪华车、跑车领域中，几乎处处都有意大利设计师的影子。消费者也对其顶礼膜拜，无比崇敬。作为国内最大豪华车经销商的老莫，当然对意大利也是非常喜欢。

于是，老莫和肖梅一起飞往罗马，开始了甜蜜的幸福之旅。在意大利，老莫和肖梅游走于米兰、都灵、佛罗伦萨、那不勒斯、威尼斯、罗马……在米兰感受引领全球的时尚，在佛罗伦萨感受文艺复兴的艺术魅力，在罗马回忆《罗马假日》的浪漫……一切都是那么美好，一切都是那么甜蜜。

然而，一场突如其来的车祸让老莫命归天堂，客死他乡。

一生开车、卖车、造车，以车为终身事业的老莫死于车轮之下，命也？运也？

两周后，肖梅处理完老莫在意大利的所有事宜回国。走时是即将展开幸福生活的一对新人，归来时陪伴肖梅的却只有老莫的骨灰和无尽的悲伤。

作为老莫最好的两个哥们儿，古文和李亮两人前往机场,接回了憔悴的肖梅,还有老莫的骨灰。

回到老莫的家里,两个男人再也忍不住心头的悲伤,扶着老莫的骨灰盒放声大哭。乐莫乐兮新相知,悲莫悲兮生别离。回想起与老莫相识、相知、相交的情景,如今老莫却英年早逝,怎不让两个好友痛断肝肠！肖梅抚摸着老莫的照片,也是哭得伤心欲绝。

“嫂子,老莫到底是怎么出的车祸呀?”古文和李亮忍住悲伤问肖梅。老莫去世了,哥俩儿从心底尊肖梅为嫂子。

“都怪我！我真的不该让他深夜去买巧克力呀……呜呜……”肖梅想起老莫的死因,愧疚不已,“我宁愿自己去死也不会让他去呀……”

“巧克力？到底怎么回事呀?”两人错愕不已。

悲伤之中,肖梅讲出了老莫出事的原因和经过。原来,老莫和肖梅游玩过那些名城后,把旅行最后一站定在了阿尔盖罗这座中世纪风格的浪漫小城。

在位于撒丁岛的阿尔盖罗,可以欣赏地中海的完美景色。老莫和肖梅白天漫步在城内狭窄曲折的小巷里,欣赏古老的罗马天主教堂,体会加泰罗尼亚哥特式建筑风格,欣赏这座中世纪风格的美丽城市;晚上在海边漫步,看满天的繁星,听无尽的涛声。直至深夜,两人才回到酒店。

不知为何,那天晚上肖梅抑制不住地想吃巧克力。意大利的商店犹如公司,朝九晚五的工作时间雷打不动,所以早已打烊。问过酒店侍者,得知三公里外有一家24小时营业的超市。肖梅觉得太远,告诉老莫不要去买了,她不吃了,但老莫疼爱新婚的爱妻,还是要驱车前往。在买回巧克力的途中，一辆飞驰的兰博基尼逆行而来，老莫躲闪不及，一场惨烈的车祸发生了。当警察通知肖梅赶到现场时，老莫已气绝身亡，车内唯一完好的是那盒充满爱意的巧克力。

听完肖梅的哭诉，古文和李亮再次泪流满面。没想到老莫死得那么惨烈，没想到老莫对肖梅爱得那么热烈！

“古哥，李哥，老莫离世的消息先不公布吧，我怕影响太大。先让老莫入土为安，等我……”

古文和李亮也觉得应该让肖梅安静一下以平复心中的悲伤，所以也认为先让老莫入土为安，等肖梅从悲伤中走出来，想好所有安排后再公布老莫的死讯为好。毕竟老莫的死，公司需要面对的太多、太多……

公司还能不能上市的问题，如何给上市中介团队通报的问题，如何面对投资机构的问题，如何安抚公司员工的问题……还有，最重要的是，老莫财产如何继承的问题，这些都需要做好规划。

很快，古文帮忙找了一块风水宝地，肖梅、古文、乔安和李亮四人悄悄地安葬了老莫。

“烟花易冷，繁华易逝，如若婚配，此生圆满。”大师的话，古文此时终于参透。

第十七章 人生如棋子 爱恨皆由人

※

傍晚，初秋的天气已经微凉。黄河的水依然静静地向东流去，也许它会带走一切，也许流水逝去后，原本藏在水下的会慢慢裸露出来。

黄河岸边的北邙一片肃穆，偌大的陵园显得空旷无比。一辆轿车缓缓驶来，一位女子走下车来，身着黑色风衣，手捧一束金黄菊花，来到一块墓碑前。墓碑上刻着：严父高志尚。

“爸爸，您终于可以瞑目了！按照您的遗愿，我嫁给了莫忠，尽管我开始并不爱他。阴差阳错，莫忠死了！公司的股份我可以全部继承。您不会再有遗憾了，安息吧！爸爸。”

没错，这位女子是肖梅。她本姓高，是高志尚的亲生女儿。

老高和柳阿姨不是无儿无女吗？

肖梅是高志尚和第一任老婆生的女儿。

一切都要回到那段艰苦的岁月。

四十年前，高志尚还在严寒的东北当连长。在老家吉林，在父母的安排下娶了一位肖姓姑娘。然而，高志尚和肖姓姑娘却毫无感情。

高志尚在部队努力向上，一心想出人头地。直到有一天他在一位领导家见到了柳如烟。柳如烟出色的美貌深深地吸引了高志尚，高志尚贪恋柳如烟的美貌，更看中柳家强大的背景，他认为娶到柳如烟自己将会平步青云，一飞冲天。

于是他决绝地和肖姓姑娘离了婚。他的父母大骂他无情无义，从此与他再无来往。直到死，也无法原谅他。

离婚后，高志尚对柳如烟展开疯狂的追求，最终打动了柳如烟的芳心，也获得了她父母的同意。

他和柳如烟结婚后，在柳如烟父母的关照下平步青云，一路升迁。

可是，结婚三年后，柳如烟的肚子没有动静，五年后还是没有动静。直到婚后十年，柳如烟也没有怀个一儿半女。

无儿无女的高志尚郁闷不已，然而顾忌柳家老爷子，不敢声张。柳如烟自觉愧对高志尚，只有加倍地对高志尚好。高志尚也深爱着柳如烟，所以两人感情并未受到影响，反而随着柳如烟的不断付出变得更加和谐。

然而，期盼儿女的想法一直藏在高志尚的心里。直到有一天，他听一位老乡说，他和肖姓姑娘离婚时，肖姓姑娘已有身孕，离婚后肖姓姑娘生下一个女儿。

高志尚想认女儿的念头不可遏抑。他瞒着柳如烟开始和女儿接触。肖梅从小跟着母亲生活，一直随着母姓。一个女人在艰苦的年代养活一个女儿，可想而知多么不易。十岁的肖梅对于高志尚的到来非常抵触甚至反感，她不认这个父亲，不认这个为了自己前途抛弃她母亲的父亲。

但是，高志尚看着和自己神似的女儿，越发喜欢。他不断地资助她们母女，不断地看望女儿。再深的不满，再大的怨恨，都抵不过血缘的亲情。随着时间慢慢地过去，肖梅慢慢地接受了这个父亲。尤其在肖梅十六岁时母亲去世后，高志尚成了她在这个世上唯一的亲人。

高志尚利用关系送肖梅到哈工大读大学，毕业后送她出国留学。肖梅也非常优秀，MBA 读完后，凭借优异的成绩、出色的能力进入跨国大公司工作。她的人生变得如此与众不同。

当然，这一切都瞒着柳如烟，柳如烟根本不知道高志尚还有一个女儿。

六年前，睿富公司成立。高志尚让肖梅回来加入睿富，以便今后接班。因为他想在合适的时间公开与肖梅的父女关系，所以为了保密和安全，他并没有告诉肖梅睿富的实际控制人就是他。

肖梅对父亲的安排非常不理解。自己有份非常有前途的工作，身边有疼爱自己的男友，如今却要离开北京去中原城市加入睿富，她非常不理解。

无奈，已是高级领导的父亲态度非常坚决，她无法抗拒，只好遵照父命加入了睿富。男友无法理解肖梅的决定，又不愿随肖梅到中原。两人深知两地分居的感情无法维系，只好理智地分手。

肖梅来到这座城市，也许是刚刚结束一段感情，也许是略有西化的思维方式，也许是过于知性的性格，使她显得有些高冷，有些格格不入，以至没人敢靠近，没人能走进她的内心。当然，或许自视颇高的她谁也没看上。所以，她多年来一直单身。

只有在工作中，丰富的跨国公司工作经验让她在和外方谈判时显得游刃有余、如鱼得水，为睿富的发展做出了巨大贡献。

一年前，高志尚听到风声，自己已被中纪委盯上。他深感大势已去，惶惶不可终日。在被双规前，他把肖梅找来交代了后事。他告诉肖梅睿富的实际控制人是他，老莫只是代他持有股份；并给了她一份证明，证明肖梅是他的亲生女儿。他希望一切结束，柳如烟顺利拿回股份后，肖梅凭借这份证明最后能掌控睿富。另外，老谋深算的高志尚深知人心难测，在巨大利益面前他不敢确定老莫还会那么忠诚，所以，他再三交代，如果老莫背信弃义，柳如烟无法收回股份，他希望肖梅嫁给老莫。只有这样，睿富才不会拱手让与他人！否则，他会死不瞑目！

肖梅听后，既担心又震惊！她担心父亲的自由，震惊睿富的真相。她没想到对她疼爱有加、地位显赫的父亲，竟然做了那么多违法的事情！她对父亲爱恨交加。她爱父亲，因为他是她的父亲，是这个世界她唯一的亲人。她恨父亲，恨他贪慕金钱而即将失去自由。

“爸爸，如果睿富能换回你的自由，我宁愿什么都不要！”

“女儿，如果我能给我们高家带来巨额财富，即使是死，我也值得！如果就此失去，我死不瞑目！”

这成了肖梅和高志尚最后的对话。

事情的发展正如高志尚所虑，老莫在巨大财富面前背叛了高志尚，他断然否认了代持股份的事实，把高志尚用死换来的睿富占为己有，也让无助的柳如烟跳楼自杀。

肖梅原本认为老莫会把股权还给柳如烟，她从来没想过要把那份证明拿给柳如烟看。

但是，父亲自杀保全财产以及柳如烟绝望跳楼的惨状，深深地刺激了她的内心。巨额财富来源虽然是不义之财，但付出了家破人亡的惨重代价。如若财富再被老莫这般巧取，实在让肖梅难以接受。她想起父亲的那句死不瞑目，夺回财富的欲望之火在心中燃烧起来！

让肖梅嫁给老莫，至少财富会在自己的高氏血缘下传承，哪怕只有一半！这是高志尚最后的也是最坏的安排。

然而，在肖梅心中，嫁给老莫却是她夺回财富的第一步，她要的不是一半，是全部！

于是，在父亲和柳如烟相继自杀后，她开始关心、安慰老莫，陪老莫度过了煎熬的时间。俗话说：男追女隔座山，女追男一层纸。何况老莫本来就爱慕高冷的肖梅。很快，老莫就对肖梅迷恋不已。老莫在甜蜜的爱情和盛大的婚礼后，走完了他的一生！睿富巨额财富似乎就要以继承的方式回到高氏手中。

安葬老莫后的第三天，肖梅对古文说为了保证公司的稳定性，她希望尽快变更股权登记手续，她要继承老莫所有的股份。古文这几天也一直在考虑：老莫去世了，公司失去了实际控制人，这还如何上市？肖梅继承老莫股份的要求使他倒是豁然开朗：实际控制人死了，股权由他妻子继承，而妻子也一直在公司做高管，这样似乎可以证明实际控制人的离世不会对公司运营产生重大影响，实际控制人也没有发生改变。

于是古文答应肖梅，和杰斐瑞商量后尽快办理。

古文回到办公室，接到了乔安的电话。焦急万分的乔安告诉了他一个天大的消息。

原来，肖梅回国后，乔安担心肖梅一个人会更孤单、更难过，于是，就搬到肖梅家里陪伴肖梅。今天肖梅去公司后，乔安在肖梅家无意中发现了高志尚留给肖梅的一份证明，里面清楚地记录了肖梅的身份以及老莫代持股份的事实。

乔安看到后，惊讶不已。她上网查阅了一下高志尚的事情，更是惊恐不已。

老莫代持——高志尚自杀——肖梅和老莫结婚——老莫去世——肖梅继承股份——股份回到高家，细思极恐，乔安不敢再想。

听了乔安的分析，古文非常震惊，脱口而出："难道是肖梅为了要回股份，制造交通事故杀了老莫？"

就在一刹那，古文突然又想起来张东海曾经留下一份礼物，说一定要在老莫结婚前送给老莫。想起张东海当时的再三嘱咐，古文好像意识到了什么。于是，他和乔安立即赶到了银行。银行客户经理在验明委托书后，和古文一起打开了保险柜。保险柜里有个精致的礼盒，礼盒上面留有一封信。古文打开信件，上面写着：

古哥：

你好。当你打开这封信时，我可能已在加拿大。感谢你能记着我的委托,也祝贺莫总新婚大喜。

如果莫总的新娘不是肖梅,请把盒中玉坠作为结婚礼物送与莫总。这是我的传家宝,感谢莫总多年的关照,不能当面致谢,甚为遗憾。

也请你把礼盒下面的一封信撕毁。(我相信古哥的操守不会打开)

但,如果莫总的新娘是肖梅,就请古哥打开那封信,看过后转交莫总。

再次感谢古哥。

张东海

古文马上打开另一封信:

古哥:

非常遗憾,我知道你一定会打开这封信的。倒不是不相信你的操守,而是我相信莫总的新娘一定是肖梅!肖梅知性、漂亮,如果再加上一点点主动,谁又能拒绝呢?

但是,这份婚姻不是一份美好的爱情,这是一个局,一个争抢睿富股权的局,而我和肖梅都是这个局中的棋子。

睿富集团不是莫总的,而是肖梅的父亲高志尚的。

还记得我也是军人出身吗?没错,我也是高志尚当年的下属。高志尚安排我在睿富,主要就是协助肖梅要回睿富的股权。借助婚姻讨回股份是最后的策略。

之所以要告诉你和莫总这一切，是要表达莫总对我的解救之恩，莫总是个好人。

…………

古文愤怒无比，他疯了一般冲进肖梅办公室。

“肖梅，哦，不，高梅，是你杀了老莫对不对?”

看到古文愤怒的样子，听见古文喊她为高梅，并认为是她害了老莫，肖梅明白古文知道了整个事情的真相。

“没错，我本来是该叫高梅，股份本来也属于高家。但是，我没杀莫忠，老莫的死是个意外，真的是个意外!”

“不可能! 一定是你杀了老莫，一定是你!”

“如果说一开始接近老莫是想通过结婚来夺回股份，但是后来……”肖梅这时哭了起来，“但是就在结婚那一天，老莫的真情打动了我。我爱上了老莫，深深地爱上了老莫! 就在那一天我决定和他一起拥有睿富。这也许是命运的安排，也是最好的安排。我怎么会杀他呢?”

肖梅并没有撒谎。肖梅高傲的性格以及西化的思维使她一开始根本看不上老莫这样没有受过良好教育的人。她和老莫从谈恋爱直至结婚，一切都是为了夺回股份。她甚至想过无数个婚后赶走老莫，乃至让老莫意外死亡的方案。

但是，老莫对肖梅用情至深。在恋爱的过程中，肖梅陷入了极度矛盾和纠结的困惑，老莫真的那么无情吗? 老莫真的那么贪婪吗? 好像不是。生活中的点点滴滴告诉肖梅，老莫是个有爱心、有担当的男人。她困惑了，所以有时会对自己说:也许老莫是一时的迷茫。

老莫对肖梅的无比呵护更加深了她的这种感觉。所以，当在婚礼上老莫讲出那段誓言的时候，肖梅心中已放弃仇恨，放弃复仇，她真的爱上了这个男人。

所以肖梅才会说："为什么我们认识那么早，相爱却这么晚？"

"古哥，相信我。我爱老莫！老莫的死只是一个意外！"肖梅拿出了意大利警方出具的交通事故责任认定书和刑事调查报告。

一切证明，老莫的死确实是一场意外的交通事故，兰博基尼的驾驶员负全部责任。

眼前的肖梅在古文脑海中由清晰变得模糊，由模糊变得清晰。曾经苦难的肖梅，曾经清高的肖梅，曾经满怀仇恨的肖梅，曾经包容放下的肖梅……一帧帧，一幅幅，如电影般闪现。

父亲的爱让她放下了曾经的不解，老莫的爱让她放下了曾经的仇恨。

睿富的股权、巨大的财富即将再次回到肖梅手里。

是命运的安排也好，是爱的力量也罢，该去的去，该来的来！

可是老莫呢？在古文心中这个既是挚友又是兄弟的老莫，为何在有情有义的背后也有着背叛和贪婪？是财富吞噬了他的善良，还是金钱遮盖了他的眼帘？也许这就是人性吧，古文想。

老莫死了，背叛和贪婪会是他的印记吗？

第十八章
一个好人

※

“阿古呀，老莫的电话为什么一直打不通？”杰斐瑞的电话让古文想起老莫的死讯还一直瞒着他。

没等古文回答，杰斐瑞又让古文惊诧不已。

“老莫三个月前把股权做了一个海外信托，你知道吗？虽然这样做不影响上市，但他应该提前告诉我。不过，我非常钦佩他，信托的受益人是一家孤儿救助基金会！我不得不说他是一个好人！”

“什么？信托？受益人是孤儿救助基金会？”古文有些不敢相信。

“你也不知道吗？看来老莫真的是个好人！”

“对！他是个好人！但是，他死了……”

“什么？老莫死了？怎么会？实控人死了公司怎么上市……”

古文没有理会已凌乱的杰斐瑞，挂掉了电话。

“老莫，兄弟知道你不是贪婪和背叛的人！你干得太他妈漂亮了！”古文在心中大喊了一声。

没错，老莫干得漂亮，干得让人动容！老莫用巨额财富完成了灵魂的救赎。

在决定和肖梅结婚前，深感愧疚的老莫自觉罪恶深重。他觉得这份罪恶使他灵魂不得安宁，更配不上他和肖梅的爱情和婚姻。他要用干净的灵魂去面对新的生活。于是，他决定把睿富股权做个信托，去救助那些失去父母的儿童。他小时候是个孤儿，他深知孤儿的不幸和无助。

家族信托是信托机构受个人或家族的委托，代为管理、处置家庭财产的财产管理方式。信托资产的所有权与收益权相分离，老莫把资产委托给信托公司打理，资产的所有权就不再归他本人，但相应的收益依然根据他的意愿进行分配。

他没有告诉肖梅，因为他觉得肖梅会支持他的做法。

但老莫救赎灵魂的安排，无意中使婚后的肖梅无法继承老莫的遗产，这份财富只能用于救助孤儿！

是因果？是命运？也许是冥冥之中有天意?!

古文走在林荫道上，落日余晖拉长了他的身影。

站在林荫尽头的乔安，在期盼着他回家。

也许，我也该开始我的新生活了，古文想着，大步奔向了乔安……

图书在版编目(CIP)数据

男人的资本 / 胡晃著. --郑州:河南文艺出版社,2023.3

ISBN 978-7-5559-1430-3

Ⅰ.①男… Ⅱ.①胡… Ⅲ.①长篇小说-中国-当代 Ⅳ.①I247.5

中国国家版本馆 CIP 数据核字(2023)第 029019 号

男人的资本

NANREN DE ZIBEN

选题策划　杨　莉　张　阳
责任编辑　张　阳
装帧设计　书籍 / 设计 / 工坊　刘运来工作室　徐胜男
责任校对　梁　晓

出版发行	河南文艺出版社	印　张	13.75
社　址	郑州市郑东新区祥盛街 27 号 C 座 5 楼	字　数	152 000
承印单位	河南新华印刷集团有限公司	版　次	2023 年 3 月第 1 版
经销单位	新华书店	印　次	2023 年 3 月第 1 次印刷
纸张规格	700 毫米 × 1000 毫米　1/16	定　价	56.00 元

印厂地址　郑州市经五路 12 号
邮政编码　450002　　电话 0371-65957864